O ALFAIATE

BARBARA BIAZIOLI

O ALFAIATE

1ª Edição

Santa Catarina - 2017

Copyright © 2017 Qualis Editora e Comércio de Livros Ltda

Todos os direitos reservados e protegidos.
Nenhuma parte deste livro, poderá ser reproduzida ou transmitida sejam quais forem os meios empregados sem prévia autorização dos editores.

Esta é uma obra de ficção. Nomes, personagens, lugares e acontecimentos descritos são produto da imaginação da autora. Qualquer semelhança é mera coincidência.

Editora Executiva: Simone Fraga
Editora Assistente: Júlia Caldatto Malicheski
Revisão Editorial: Qualis Editora
Revisão Ortográfica: Vanessa Riccetti Pugliesi
Design de Capa: Renato Klisman
Projeto Gráfico: Qualis Editora
Diagramação: Marcos Jundurian

DADOS INTERNACIONAIS PARA CATALOGAÇÃO NA PUBLICAÇÃO (CIP)

B576o
    Biazioli, Barbara, 1980 -
       O alfaiate/ Barbara Biazioli. – [1. ed.] –
    Florianópolis, SC: Qualis Editora e Comércio de Livros Ltda, 2017.
       156 p. : il. ; 23 cm.

    ISBN 978-85-68839-67-6

    1. Literatura brasileira 2. Romance brasileiro I. Título

                                        CDD – B869.3
                                        CDU – 821.134.3(81)

1ª edição - 2017

Qualis Editora e Comércio de Livros Ltda
Caixa Postal 6540
Florianópolis - Santa Catarina - SC - Cep.88036-972
www.qualiseditora.com
www.facebook.com/qualiseditora
@qualiseditora - @divasdaqualis

Divas da Qualis

Ao universo, que sempre conspira a meu favor.

NOTA

Essa história teve como cenário a Irlanda. Quem me conhece sabe o quanto almejo conhecer esse lugar, e foi por isso que ele foi escolhido. Detalhes sobre leis e normas criminais foram criadas, nenhuma delas foi baseada na legislação local.

Alguns lugares foram usados como referência, outros compostos para um melhor entendimento.

Essa é uma obra de Ficção.

AOS LEITORES

Demorou muito, minha gente?

Eu sei, eu sei, mas foi por uma boa causa, acreditem!

O livro está diferente. Por se tratar de personagens ricos, não seria justo deixá-los presos dentro de um tema tão comum, como o erotismo puro e simples. Meu desejo foi sair do igual e chegar até vocês de outra forma.

A locação da história mudou-se para a Irlanda, não apenas por um sonho meu em conhecer o lugar, mas por sair do eixo Nova York e Londres, e eu não gostaria de repetir o Brasil, como fiz em outro livro já publicado. É justo vocês terem de mim essas explicações, vocês estão comigo sempre e tudo acontece por vocês, de verdade.

Tenho grande respeito por cada leitor e trabalhei nesse livro com muito empenho, a fim de extrair emoções e transmitir algo incomum.

Mas não pensem que não vão encontrar as flores, o amor ou aquela sensação do: É agora. Vocês terão tudo. Nas próximas páginas, teremos o suspense que a trama pede, teremos os suspiros apaixonados, as doses de erotismo pertinentes em uma relação, mas teremos também algo diferente.

Espero que aproveitem a leitura, aproveitem os momentos em que tudo parece ter uma resposta e não ser exatamente assim, espero que tentem decifrar logo no início e que vocês se surpreendam com o desfecho.

Obrigada por estarem, agora, lendo essa explicação e por acompanharem meu trabalho. A verdade é que, como escritora, sinto que sempre posso oferecer muito mais.

Entrem, aproveitem o frio irlandês e sirvam-se do chá, O Alfaiate agradece.

Um forte abraço,

Barbara Biazioli

PRÓLOGO

Eu tinha quase seis anos, mas me lembro como se estivesse acontecendo agora. Mamãe recolheu as roupas do varal e estava uma linda tarde. O sol, embelezando o firmamento com tons alaranjados, ardia calmo, e o cheiro de bolo recém-tirado do forno invadia meu estômago.

Mamãe as colocou em um cesto já gasto pelo tempo e o pôs sobre a mesa, onde as alisaria com o ferro mais tarde. Marissa Damon era um exemplo de dona de casa, mãe e esposa. Seus cabelos eram de um castanho escuro, com brilho, e ela cheirava a pêssego.

Nós nos sentamos à mesa, então ela serviu bolo e uma xícara de chocolate com leite. Estava usando um vestido floral branco com tulipas azuis, tão azuis quanto seus olhos, e eu vestia uma bermuda bege e uma camiseta branca. O vestido de mamãe foi feito sob medida e as minhas roupas eram de uma liquidação. Eu estava crescendo e as perderia em breve.

O bolo, ainda quente, derretia a manteiga, e eu comia como se fosse o melhor do mundo, e era. Sinto falta dele e de tudo até aquele dia. Nossa casa era simples, mas impecavelmente limpa sempre! Nunca houve um dia que eu tivesse chegado da escola e encontrado um copo sequer sobre a pia.

Estávamos esperando meu irmão, Raphael, ele tinha dezessete anos na época. O relógio anunciava dezoito e cinquenta, e Raphael já estava atrasado. Minha mãe recolheu os utensílios que havíamos usado, os lavou, secou e guardou. Ela estava apreensiva, pois o meu irmão não se atrasava nunca.

Escutamos o barulho da porta da sala, e eu corri achando que era ele, mas não era. Me deparei com um homem alto e uma mulher, junto de meu pai que segurava sua boina nas mãos, com a cabeça abaixada, e algo pingava no chão, eram suas lágrimas. A mulher que o acompanhava, assim como o outro homem, vestiam o uniforme da polícia, e as luzes lá de fora eram da viatura.

A mulher negou com a cabeça, olhando para minha mãe enquanto eu tentava entender, mas não conseguia.

— Marissa — meu pai disse, com a voz embargada, e tudo desmoronou ao nosso redor. — Raphael. — Ele caiu de joelhos em um choro profundo, dolorido e dilacerante. Levou suas mãos até o rosto e tentou deter as lágrimas, mas foi em vão.

Corri em sua direção e o abracei. Não pronunciei absolutamente nada, apenas coloquei meus braços em torno do seu pescoço porque, mesmo sem entender, eu queria que ele não chorasse.

Mais tarde, logo depois de uma longa conversa com os policiais, e de eu permanecer em meu quarto sem saber sobre o que se tratava, meus pais foram até mim. Minha mãe sentou ao meu lado, enquanto meu pai se pôs de joelho à minha frente.

— Raphael chegou? — perguntei sobre meu herói, sobre o irmão mais velho que me ensinou a andar de bicicleta, o irmão que me colocava em seu ombro nos jogos de futebol. Perguntei sobre o futuro piloto de avião.

— Thomaz, meu querido Thomaz Damon. — Percebi que algo estava errado, já que meu pai havia me chamado pelo meu nome completo e não apenas de Tom, como de costume. Ele lutava para não ondular a boca e para disfarçar que algo dilacerava seu peito. — Raphael não vai chegar — meu pai respondeu e, por mais que eu quisesse controlar, era a minha boca que enrugava em sinal de choro. Tudo era estranho, e eu ainda não entendia.

Meu pai segurou a minha mão e explicou que não seria através de aviões que Raphael ganharia os céus. Meu irmão estava morto. Mamãe, com seus lindos e acolhedores olhos azuis, não suportou a perda e, por mais que papai e eu quiséssemos resgatá-la do precipício em que se encontrava, ela decidiu saltar. Cortou os pulsos e sangrou até a morte em uma manhã de domingo chuvoso.

Algum tempo depois, talvez uns quatro ou cinco anos, eu soube o que de fato aconteceu. Raphael foi estrangulado e possivelmente abusaram dele enquanto estava vivo. Nunca quis saber se isso era ou não verdade. Nos mudamos para a casa onde moro até hoje, e eu passei a dormir e acordar acreditando que ele estava dentro de um avião, realizando o seu sonho. Meu pai me ensinou sua profissão e todo o tempo éramos só nós dois, um escudeiro do outro. Assim, sigo seus passos e tento ser tão bom quanto ele.

Alguém limpa a garganta e me traz da recordação. Na verdade, eu não me lembro, mas definitivamente eu não esqueço.

Mais uma morte, é a chamada do *The Irish Times*. Por mais que queiram preservar a população, existe o acesso à informação e seria impossível esconder por muito tempo. Estamos vivendo um período difícil diante de um Serial Killer e, sem pistas, todos se tornam reféns. Sem contar que temos o mundo digital nos entregando prontamente informações que nem desconfiávamos existir. Ainda estou em um tempo mais antigo, preservo meu jornal comprado todas as manhãs logo após minha corrida.

— Estrangulado. Parece que o assassino gosta de olhar sua vítima se debater e...

— Sr. Aaron, deseja punhos na medida ou prefere como os últimos? — pergunto ao senhor que é meu cliente há mais de dez anos e que insiste em me dizer as notícias do jornal local. Sou obrigado a interrompê-lo. Se eu quisesse saber sobre as mortes, estaria lendo a merda do jornal.

— Tom, faça como os últimos — ele diz, me olhando sob os óculos redondos. Se Aaron soubesse o quanto me incomoda olhar seu cabelo branco, mal-cortado, e que se mistura com as hastes dos seus óculos atrás de sua orelha, ele evitaria vir até a minha alfaiataria parecendo algo que ficou muito tempo em uma gaveta abandonada. Apesar do dinheiro, ele investe apenas em ternos e em sapatos de cromo alemão, esquece o asseio pessoal, esquece que pelos que saem das orelhas e do nariz não têm utilidade nenhuma, a não ser irritar pessoas como eu.

Admito que gosto de limpeza, de ordem e odeio o que lembre o contrário de tudo isso. Eu posso ser assim, meu ambiente é desse jeito, eu transmito naturalmente essa sensação de limpeza impecável.

Aaron tem quase cinquenta anos, é dono de uma rede de bancos, gordo e tem uma filha que, sinceramente, tenho prazer em foder todas as segundas. Johan é gostosa e o tipo de ninfeta que mente descaradamente para os pais para poder me visitar e me honrar com sua boca em torno do meu pau. Acho que deveria colocar essa notícia no *Irish*... Melhor não, isso acabaria com minhas outras fodas, as que acontecem nos outros dias da semana, em outros locais de nem tanto prestígio ou de conhecimento do público em geral.

— Sim, eu farei — respondo a Aaron e termino minhas anotações. — Em duas semanas os jogos de terno estarão prontos. Devo acrescentar as abotoaduras do *Phillé&Straus*? — pergunto e não olho para o gordo que ainda está sob o suporte redondo, olhando para o maldito jornal.

— Sim, por favor, seis pares da última coleção — Aaron diz, anoto em meu bloco e vou em direção à porta, fazendo uma discreta menção a uma educada despedida.

— Está com pressa hoje, Tom? — Ele ajeita os óculos sobre o nariz. Aaron deveria limpar melhor suas lentes, podar as sobrancelhas e entender que tenho outros compromissos.

— Me desculpe, é que tenho uma consulta logo mais — minto. Na verdade, hoje é quinta-feira e preciso terminar tudo isso até a hora do almoço.

— Saúde em primeiro lugar. — Ele aperta a minha mão. — E evite sair tarde, temos um assassino solto que, pelo visto, não tem medo.

— Obrigado pela dica. — Aperto a mão estendida e o dispenso. Ele caminha pela pequena saleta entre minha sala e a porta de saída, e escuto quando a sineta toca. Aaron Drumph, milionário, está com medo de morrer. Pobre homem, essa é a nossa única certeza.

Incrível como a morte se torna atraente. Todos a temem, todos querem saber e ler sobre ela, desde que não esteja ligada a nós. Ler sobre a morte em um tabloide é bem diferente do que se estar na seção de óbitos dele.

Meu celular está tocando. Observo quem é pelo identificador de chamadas.

— Já disse que não quero que me ligue — falo com fúria. — Não me interessa, nos vemos à noite, vou estar no mesmo lugar. — Desligo e jogo o aparelho sobre a poltrona amarela.

Não tenho nenhum tipo de tolerância com pessoas com inteligência desfavorável. Para ser honesto, são poucas coisas que tolero ou tenho paciência, e inevitavelmente isso nunca vai mudar. Sobre as coisas que suporto ou aprecio, algumas delas são absolutamente secretas e eu faço questão disso.

1

Miranda esfrega os olhos com as costas de seus dedos. Os cabelos castanhos e longos estão presos com um lápis que segura um coque desajustado no topo de sua nuca. Passa das quatro horas da manhã e o frio que chega em forma de ventos cortantes a faz fechar seu casaco.

Ela observa com atenção o cenário diante de seus olhos escuros e cansados, buscando respostas que deveriam de alguma forma surgir ali, naquele lugar, mas não surgem. Uma conversa vinda de um pequeno grupo não tira sua concentração. Ela tenta entender, busca dentro do que seus olhos alcançam algo que possa levar consigo como uma pequena pista. Não que isso seja fácil, mas ela quer qualquer coisa para não se sentir inútil diante da situação.

Alguns pares de olhos curiosos espiam a cena na Manchester, via de alta rotatividade perto da zona portuária de Dublin, a terceira maior do planeta. Rock, que o próprio nome representa com dignidade sua altura e largura exageradamente distribuídas em músculos, mantém a careca brilhante e um cavanhaque intimidador. Ele estende para Miranda um cobertor que havia conseguido na ambulância. Os serviços da viatura médica não serão utilizados.

— Keller está a caminho — Rock diz algo sobre o legista que fora acionado. Ele usa suas botas coturno, calça jeans gasta e seu peitoral quase que desproporcional reveste internamente a camiseta preta sob a jaqueta de couro.

Sopros de fumaça saem de suas bocas junto com suas falas. Tudo é frio, desde o cadáver dentro do carro até a temperatura local, que cai gradativamente com o avançar das horas na madrugada.

— Parece que temos um assassino que possui sua assinatura — Miranda fala baixo, apenas para ela, e caminha para perto do veículo, onde Mark analisa, sem tocar em absolutamente nada, o corpo da mulher de aproximadamente quarenta e cinco anos, cabelos loiros e vestida impecavelmente com um terno branco sob medida.

— Abby Sheldon — Mark dispara a informação ao ler o crachá que está no banco do passageiro da BMW X1 laranja. — Alguém perdeu o medo e está brincando de gato e rato conosco — Mark fala de maneira estúpida e em um tom de voz mais alto do que o apropriado para esse tipo de observação.

— Não tire conclusões, tem curiosos demais por aqui. — Miranda passa por Mark, que a fuzila com um olhar em chamas e alcança em seus bolsos um par de luvas de látex, vestindo-as. Ela abre as outras portas do carro e observa em toda a dependência do veículo se existe algum tipo de pista sobre o que houve.

— Não deveria mexer aí. — Uma voz fina, irritante e bem conhecida por todos joga contra Miranda o que ela não deveria fazer, mas ela não se abala e tampouco olha para Jade, dona da voz ridícula que não evoluiu de forma positiva com sua idade. — Ficou surda, Srtª Liam? — Ela força contra o asfalto seus saltos agulha nada apropriados para o frio irlandês, e que também não combinam com seu conjunto preto, composto por calça e blusa de quinta categoria, vendido em algum brechó de pulgas sabe-se lá em qual fim de mundo.

Miranda continua olhando para todos os pontos da BMW nova, pois ainda tinha plásticos no banco de trás.

— Mark, busque tudo: quando, com quem, onde ela comprou, como pagou, se ela retirou o carro ou se entregaram. Quero cada passo dessa mulher nos últimos cinco dias.

— Se você não for esperar para que a equipe chegue e colha as provas necessárias de forma coerente e que não prejudique as informações, peço que encaminhe uma solicitação de transferência junto à Corregedoria, vou adorar domesticar você. — Jade Nollan, quarenta e quatro anos, separada e coordenadora da equipe de provas, desafia a automática que repousa no coldre de Miranda.

— Se você for demorar o que costuma para chegar à cena do crime, que pode ser prejudicada por conta do seu narcisismo, me avise. Peço para que transfiram você para os arquivos — Miranda dispara contra Jade e a briga, que era para ficar dentro da família, explode a cada dia de forma mais severa.

Jade é a irmã mais velha de Maurice Nollan, executivo de um dos bancos de maior prestígio em Dublin. Jade nunca suportou a ideia de Miranda entrar para a família, mas quando, enfim, ela aceitou, algo aconteceu entre o casal, e Miranda resolveu romper o casamento com apenas alguns meses de antecedência. Os jornais não perdoaram e colocaram supostas traições e conflitos de interesses como pivô desse término tão repentino, mas a verdade é que ambos decidiram não levar adiante um relacionamento que começou muito cedo e, como tantos outros, com uma adolescente apaixonada pelo cara mais velho.

Quando Maurice olhou para a garota londrina, de cabelos escuros e olhos de amêndoas, cruzando o corredor do banco junto de seu pai, seu coração desapareceu de seu corpo e foi parar nas mãos dela, Miranda Liam. Ela havia acabado de se mudar, tinha dezesseis anos, e ele, vinte e três. Seu pai resolveu sair do tumulto da avenida Picadilly em Londres e ir para Wichlow, um lugar mais afastado do centro de Dublin, onde poderia continuar administrando os processos jurídicos que lhe cabiam como advogado.

Miranda o olhou com a mesma intensidade, a qual só é permitida em adolescentes que nada sabem sobre o amor. Ali, eles decidiram que seriam um do outro eternamente, até que esse tempo se tornasse escasso e acabasse. E apesar desse conto de fadas moderno e cheio de promessas, Maurice tinha seus momentos de profunda depressão. Eles foram piorando e, em um determinado momento, Maurice tornou-se depressivo em tempo integral.

Romperam a relação sem grandes mágoas, terminaram seu Romeu e Julieta de forma prudente, onde pudessem se encontrar em lugares em comum e se cumprimentar como regem as regras da boa educação. Enfrentaram, na época, a colisão de duas famílias que não desejavam encarar as manchetes sensacionalistas e não queriam que nenhum comentário desrespeitoso fosse feito entre os parentes. Tudo isso aconteceu, e mesmo assim decidiram se separar. Miranda tem um talento absoluto para viver sozinha e Maurice, bom, ele parecia bem confortável com o fim, já que andava distante e com problemas saindo pelo ladrão na administração do banco.

Ele sentia falta dela, mas nem tanto, e ela não sentia mais nada. Até que o fim do relacionamento era algo mais interessante do que o matrimônio que já estava destinado a fracassar. Ela queria a vaga de delegada, e ele a queria em tempo integral, apenas como um souvenir. Maurice era inseguro em relação à Miranda, já ela sempre foi segura de si e pouco importava se ele estava esperando-a; se estivesse trabalhando, nada mais importaria. O pai de Miranda não escondeu o sorriso, mesmo ciente das manchetes, pois nunca aprovou o relacionamento, apesar de saber que era uma guerra perdida encarar Miranda em sua opinião.

Para Jade, Miranda é uma usurpadora, cujo rompimento poderia prejudicar a vida do irmão, que pouco fala sobre o fim do seu "para sempre". Então, Jade se tornou a versão personificada da palavra contradição. Ela não gostava de Miranda, não a queria na família e, depois que isso se resolveu, mostrou que não era apenas o relacionamento do irmão que ela não aprovava, também não aceitava o fato de Miranda ser quem e como era. Na verdade, ela queria ser Miranda Liam, mas nessa vida já havia uma; persistente, determinada, insolente e bastante irritada. O mundo não teria estrutura para um evento desse porte.

— Posso registrar sua insolência e uma advertência chegaria em menos de alguns minutos em suas mãos — Jade a ameaça.

— Jade, enfia essa porra de registro e mais a merda da advertência onde lhe convir. Tenho certeza de que em seu corpo tem opções de lugares que não foram devidamente explorados. Quanto a me domesticar, não conseguiu isso com seu marido interesseiro, que a trocou por uma dúzia de putas da Nova Oeste, então não tente me colocar em nenhuma situação onde você realmente não vai saber o que fazer. — Miranda caminha até o seu carro, resgata um colírio e pinga em seu olho quase curado de uma conjuntivite. Mencionar a casa noturna Nova Oeste é como pedir uma morte lenta e dolorosa para Jade.

Seu marido a trocou por prostitutas e há pouco tempo ela descobriu que ele se casou com uma das garotas de lá. Baseado nisso, leva-se a crer que a família Nollan não tem talento nato para o matrimônio.

Jade balbucia alguns palavrões, e tanto Mark quanto Rock sabem que elas são devidamente incompatíveis. O legista chega, e a equipe de Jade recolhe as provas e tira as fotos. As horas fazem com que a madrugada suma.

São sete e treze da manhã quando Miranda chega ao seu sobrado na Margaret Muller, bairro de classe média alta em Dublin.

Enquanto isso, Tom Damon atravessa a sala de sua residência em um bairro não tão favorecido financeiramente, mas pouco deixa a desejar em relação ao de Miranda. Ele tem pressa, urgência em tomar banho e remover de seu corpo qualquer indício do que aconteceu há algumas horas.

Ele retira o par de luvas de couro, que cobre suas mãos frias e ansiosas, e seu sobretudo cinza, junto com o terno detalhadamente feito por ele. Gira o registro, e a água morna cai sobre seu corpo de dimensões perfeitas e encaixadas dentro de um metro e oitenta e sete de altura.

Seus cabelos lembram uma tarde de outono, castanhos sedosos, que roçam seus colarinhos e nem por isso não são bem cortados. A barba rala denuncia o traço de um homem que esconde, atrás de seus olhos cinzas e agressivos, alguém que vive majestosamente sozinho. Ele prefere assim.

Seus olhos estão fechados, e a respiração intensa, profunda e barulhenta, leva oxigênio para algum ponto de seu cérebro. A água desce e percorre seu tórax como se desenhasse uma centelha de paz, embora isso não existisse por ali. Ainda não se sabe ao certo o que está em paz dentro de Tom Damon, o alfaiate que pouco se vê nas ruas de Dublin durante o dia. À noite, possivelmente, ele não esteja em casa, pelo menos a princípio, não.

Um sabonete branco com cheiro de alecrim ajuda no desenho da água, e assim que termina, Tom olha para lugar nenhum, apenas puxa novamente oxigênio para os seus pulmões e coloca, antes mesmo de se secar, um roupão branco, tão branco como seu banheiro de pouco mais de quinze metros quadrados. Esse é o banheiro que usa quando chega da rua, e não o da sua suíte.

Ele se senta diante da janela e fecha seus olhos, busca um alívio inexistente e tenta traçar dentro de sua mente uma ideia de conforto com o que acabara de acontecer, mas ele sabe que se propôs a fazer isso e teve que fazer de forma perfeita. Ele tem feito, mas tem sugado muita energia do pobre alfaiate, que se levanta e toma uma dose de conhaque com um pouco de guaraná. Se tiver a mistura certa, a bebida fica perfeita, e é esse padrão que ele utiliza: perfeição.

Tom segue para o seu quarto e tem noção de que, em algumas horas, Sr. Haith vai apertar sua campainha. Sua governanta Rosié o atenderá, e então terá algumas medidas para tirar, além de algumas histórias sobre Londres para digerir.

Propositalmente, no intuito de não adormecer e acordar com o humor pior do que esse que já escapa por suas entranhas, ele coloca um agasalho cinza, calça seu par de tênis próprio para grandes percursos e sai para sua habitual corrida matinal. Dessa vez, bem antes do horário. Ele quebra algumas regras quando outras estão em risco.

Tom coloca seus fones e deixa em um volume alto. A música é In The End, Linking Park. Ele coloca os pés na calçada, olha para os dois lados e, depois de um breve alongamento, como se quisesse exibir sua flexibilidade e tamanho, começa a sua corrida. Ele quer suar, cansar o corpo que já está previamente exausto. Tom Damon precisa de uma dose de oxigênio limpo para dentro dos seus pulmões, e quem sabe assim, aceite continuar sendo um mero espectador da vida que lhe foi imposta.

2

— Preciso arrumar essa merda! — Miranda diz para si mesma dentro de seu quarto, enquanto vasculha a bolsa com esperança de encontrar pelo menos um comprimido para dor de cabeça, mas é em vão. Ela veste seus jeans claros e justos ao corpo, colocando a camisa branca sobre um corselet de custo elevado. Escova os cabelos que precisam de um corte; ela tem trabalhado tanto que não percebeu como cresceram.

'Cabelos escuros te envelhecem' — sua mãe, Renée, lhe disse semana passada, assim que passou por sua casa e deixou a cachorrinha Katleen, uma maltês dócil e mimada, para sua filha cuidar enquanto ela e seu pai faziam sua famosa viagem anual com duração de um mês.

Miranda tenta conter seus fios em um coque no alto de sua cabeça e disfarça as olheiras com um pouco de maquiagem, enquanto desliza sobre seus cílios um pouco de rímel. No alto de sua face, passa o pincel com blush e a aparência sem vida vai embora.

Sua casa tem dois andares, o branco é a cor predominante e, definitivamente, crianças não são visitas comuns em sua residência. Ela encara, por um par de minutos, a imagem no espelho gigante que cobre a parede sobre a pia de sua suíte e gosta do que vê, aprecia a imagem bem definida que mantém por pura sorte. Ela não é adepta de academias ou exercícios regrados com alguém determinando uma série de sequências.

'Mãe, essa é a cor deles naturalmente, assim como os da senhora' — ela brincou com a mãe sobre suas mechas escuras e brilhantes, enquanto esta depositava sobre a mesa da cozinha toda a parafernália de Katleen.

'Os meus cabelos já foram escuros, mas quando os brancos decidiram brigar por seu espaço, eu decidi que loiro era a minha cor de origem e pronto.

Cuide de *Kat'* — disse, beijou o rosto de Miranda e saiu. Seu pai, Hilbert, havia ligado uma hora antes, a pedido de Ana, sua irmã mais nova. Ela estava pedindo socorro e Miranda lamentou por não poder abrigá-la junto com Katleen em sua casa. A verdade é que Miranda acredita que Ana deva passar pelo mesmo sufoco que ela passou em todas as viagens de família. Malditas férias de 98, nunca mais acampou depois daquele ano.

— Onde estão meus brincos? Prometo que vou organizar meu closet pessoalmente, já que proibí Deniesse de entrar aqui. Não consigo encontrar mais nada. Talvez devesse desfazer a ordem, ela não derrubou meu perfume propositalmente e eu ando com a cabeça tão quente... Esqueça, Miranda! Agora, seja rápida! — ela repete para si mesma diante do espelho, terminando de se arrumar.

Passa um brilho nos lábios, coloca a arma no coldre, veste o sobretudo preto, assim como as botas de bico fino, e desce os degraus olhando a tela do celular enquanto ajeita a bolsa em seu ombro.

— Srta Liam, seu café. — Deniesse e toda sua paciência lhe entregam a caneca de café. Todas as manhãs ela faz exatamente a mesma coisa, há cinco anos, desde que seu marido morreu e Miranda a convidou para morar em sua casa, como uma governanta fixa. O rosto de Deniesse denuncia sua tristeza, pois seu marido foi morto em um assalto, e Miranda gosta da sensação de se sentir uma heroína ao lembrar que jogou o lixo do Jordan Hult na cadeia.

— Obrigada, Deniesse, você arrumaria meu closet sem quebrar nenhum perfume? — ela pergunta com um sorriso torto, o sorriso de "sinto muito por ter sido grossa, estou estendendo uma bandeira branca". Ela foi muito rude com Deniesse e, definitivamente, Miranda não sabe pedir desculpas, talvez nunca o tenha feito.

— Sim, eu arrumo — responde a governanta, apanhando a xícara que Miranda empunha em sua direção. Deniesse sai, alcançando Kat e a levando junto para a cozinha.

Miranda para por alguns instantes, olha para o aparador, onde estão as correspondências acumuladas da última semana, e alcança as chaves do Audi. Esse será mais um dia em que anulará algumas coisas em prol de outras.

Ela percorre as ruas sob a garoa gelada de Dublin e pensa sobre as vítimas, todas são homens, menos a última. Ela tenta encaixar as peças e, por mais que se lembre de cada caso, não consegue entender o motivo do assassino seguir esse padrão, é como se ele se sentisse confortável em fazer o que está fazendo. Ele não deixa pistas e tudo se torna um imenso quebra-cabeça com peças iguais.

Miranda chega à delegacia e vai direto para a sua sala. Ela sabe que na terceira gaveta, no meio de sua bagunça organizada, existe uma cartela de analgésicos. Sua cabeça está doendo e isso é resultado de uma indisciplina alimentar.

Assim que senta, o telefone toca. Ela olha duas vezes para o aparelho e atende.

— Liam. — Apoia o telefone entre o ombro e a orelha.

— *Detetive Liam, poderia vir até o IML?* — Keller, o legista, solicita do outro lado da linha.

— Em dez minutos estou aí — Miranda responde e desliga em seguida, enfiando a caixa com analgésicos contra dor de cabeça em sua bolsa e ganhando o corredor até a sala de Mark.

— Mark, Keller ligou, estou indo para o IML, você vem? — ela pergunta e sai, transparecendo a falta de paciência com ele.

Minutos depois, os dois entram no carro e partem. Miranda deixou de ter grande afeto por Mark devido aos últimos acontecimentos.

— Não me evite, Miranda — ele pede, e ela não se dá ao trabalho de desviar o olhar em sua direção. Ele tem plena consciência de seus atos, e ela deixa claro que não está preocupada com seu pedido quase que mendigado.

— Não estou lhe evitando, só não estou facilitando absolutamente nada para você — dispara, tão seca que quase atinge o vidro do carro com o que diz.

— Você poderia me desculpar, deveria entender que foi no momento de desespero — ele justifica o que fez, mas para Miranda pouco importa.

— Desespero? — ela questiona de forma tão indiferente que, sem saber, isso atinge ainda mais o ego destruído do seu parceiro de campo.

— Sim, eu estava desesperado. Esperei pelo fim do seu noivado e, quando chegou, achei que pudéssemos sair. Você se blindou e não permitiu nada — Mark prossegue, e nos olhos de Miranda existe apenas a total falta de vontade em olhar para ele. Ela não quer saber os motivos e nem o que o levou a pensar que pudessem ter alguma chance.

— Esperou pelo fim? — ela diz, incrédula.

— Sim, era óbvio que você sempre foi mais apaixonada pelo seu trabalho do que por Maurice — ele protesta, quase irritado.

— E o que o levou a pensar que com você seria diferente? — Ela para o carro em frente ao necrotério e vira seu rosto na direção dele. — Lembro de ter lhe dado limites o suficiente para ficar longe. Você tem plena consciência de que eu poderia tê-lo denunciado para a Corregedoria, mas eu não o fiz, considere-se feliz, usou minha última gota de misericórdia.

— Você ainda vai encontrar alguém que lhe quebre ao meio, alguém que fará você engolir tudo o que faz — ele a ameaça, e ela sorri sarcasticamente, porque Miranda é algo pior do que a própria ironia, é quase intragável quando deseja.

— Talvez, mas o que me deixa feliz é que essa pessoa não é você e isso possivelmente não vai acontecer agora. — Ela sai do carro, obrigando-o a correr atrás dela.

— Eu não entendo, já faz dois meses...

— Cinquenta e três dias — ela o interrompe. — E isso não é importante para sua vida, tente esquecer o período que estou tentando evitar contato com você. — Miranda entra na sala onde várias portas de uma imensa câmera frigorífica fazem as vezes de decoração fúnebre do lugar.

— Estou pedindo apenas uma chance, Miranda — ele insiste.

— E eu estou negando. Se voltar a tocar nesse assunto, eu faço o relatório para a Corregedoria e deixo claro que você não está recuperado de seu último tratamento, entendeu? — Miranda se vira e olha nos olhos de Mark.

— Mas...

— VOCÊ ENTENDEU A PORRA DO RECADO? — Ela não permite que ele termine, e caminha em direção ao corpo que Keller verifica. Keller ouviu a conversa, mas é discreto.

Mark é obcecado por Miranda e não sabe como reagir a ela em grande parte do tempo. Na verdade, ele nunca sabe o que fazer em relação a ela.

— Ei, Keller. — Miranda se posiciona ao lado dele e olha para a mulher nua, gelada e com uma marca na região do pescoço. Obviamente foi estrangulada, a marca profunda e escura em torno do pescoço deixa isso claro.

— Liam, as características são as mesmas dos outros homicídios, mas acho que o assassino se acomodou e esqueceu de um detalhe: mulheres geralmente tem unhas cumpridas e cabelos maiores. — Liam coloca uma luva e olha para ele, que estica a mão até o cadáver, coloca os cabelos da vítima para cima e mostra. — Veja, possivelmente ela estava falando ao celular quando foi atacada. O assassino arrancou o aparelho da orelha e com isso levou uma generosa mecha do cabelo dela.

— Keller, isso tudo é dedução. — Miranda olha para a falha acima da orelha e ele continua:

— Sim, são hipóteses, mas olha o que tiramos debaixo da unha da Sra. Sheldon. — Ele levanta um saquinho de provas e coloca diante dos olhos de Miranda. — É couro, o assassino não está deixando digitais porque está usando luvas de couro. Veja, ela está com três unhas quebradas. — Keller aponta para a mão esquerda. — E de novo foi usado um garrote, tudo leva a crer que estamos falando de um serial killer que não tem medo.

— Ela poderia estar segurando o celular com a mão direita — Miranda diz, encaixando as peças. Ela saca o celular e liga para a perícia, pedindo para que acelerem os testes deste caso; em seguida, liga para Rock e pede que puxem todas as ligações de Abby desde a aquisição do celular.

Mark não entra na conversa e sua cabeça está nas últimas discussões com Miranda. Ele tem enfrentado dois grandes problemas: provar que pode continuar em seu cargo no departamento de polícia e tentar engolir a seco o que sente por ela, porque isso não vai passar de algo platônico, é quase inútil.

O horário de almoço exige de Miranda uma pausa para que coma alguma coisa e quebre o jejum de quase vinte horas. Os últimos dias têm sugado sua vida, mas a verdade é que isso tem ocorrido há muito tempo.

3

O horário de almoço exige de Tom o que naturalmente faz sempre que está em casa. Ele para e se serve. Rosié, sua governanta, foi até a feira, mas antes arrumou a mesa e a comida foi posta, deixando-o em sua própria solidão. Pessoas como Tom Damon protegem o mundo quando decidem viver sozinhas.

Ele havia atendido seu cliente mais exigente e foram quase quatro horas entre medidas e detalhes. Tom é perfeccionista e expande para seus clientes essa questão. Há mais do que a limpeza e ordem em sua vida, ele é o homem que decidiu viver suas particularidades de forma ímpar, não tem amigos próximos ou que visitam sua casa com frequência. O que ele tem são as pessoas que enxergam o homem que ele quer mostrar: um cara normal e sem nenhum tipo de segredo obscuro.

Tom termina sua refeição, joga as poucas sobras no lixo e deposita a louça suja na pia, mesmo tendo quem execute a tarefa. Volta para sua sala, porque em menos de quarenta minutos seu próximo cliente vai chegar, assim como Rosié, que além de cuidar da casa, cuida da agenda comercial de Tom.

Rosié tem cinquenta anos, trabalha com Tom há sete. Ela tem cabelos castanhos claros, usa diariamente um conjunto de camisa branca e calça social feitas sob medida, com as iniciais T&D sobre o seio esquerdo.

Tom apanha o jornal e vai direto para a seção de esportes, verifica os próximos campeonatos e os favoritos. Ele veste calça jeans e uma camisa azul clara de mangas longas, em seus pés, um sapato caro, um Thenberry. Tom não ostenta marcas, mas as usa adequadamente.

Ele se senta em uma das poltronas vermelhas dispostas na sala onde atende seus clientes. Todo o espaço é de uma madeira bonita, rica e encerada.

As janelas são cobertas por um tecido esvoaçante que proporciona leveza com sua cor marfim. Na estante de madeira escura e antiga, uma coleção de livros sobre suspense e algumas fotos em dois pares de porta-retrato.

O silêncio é interrompido por uma sineta, é a campainha avisando que Blake Sthuart se faz presente. Rosié, que havia chegado da rua, percebeu que Tom estava entretido com a leitura e se manteve em silêncio na cozinha. Ela o recebe e o conduz até a sala onde Tom agora o aguarda. Tom coloca o jornal devidamente dobrado, como se não tivesse ao menos folheado uma única página, sobre o pequeno aparador próximo das poltronas.

— Sr. Sthuart, boa tarde — Tom o cumprimenta e olha para o senhor de aproximadamente sessenta anos que trabalha como diretor em uma rede de concessionárias automotivas.

— Boa tarde, Tom, como tem passado? — Ambos caminham lado a lado até o pequeno patamar redondo, também de madeira, de frente a um biombo de três folhas, revestido com um espelho.

— Muito bem, e o senhor? — Educadamente Tom retira o paletó do homem que é cliente de sua alfaiataria desde que Tom e seu pai se mudaram para aquele endereço.

— Não tenho motivos para reclamar. Minha filha vai se casar em poucas semanas e os negócios vão muito bem. — A conversa amistosa e sem nenhuma segunda intenção por parte de Sthuart segue, mas para Tom, Catharina Sthuart ainda é a jovem de cabelos dourados e corpo singelo que o fez perder a hora algumas vezes. Tudo acabou quando ela anunciou seu casamento há seis meses com o filho de um grande empresário das embarcações na região de Cork, próximo a Dublin.

Para Tom, mulheres casadas são sinônimos de desastres sobrenaturais e ele tem evitado coisas que não são das linhagens ordem, silêncio e perfeição. Nesse caso, era algo que ele não levaria adiante por inúmeros e incomentáveis motivos. O casamento caiu como uma luva e não houve problemas quanto a isso.

— Felicidade aos noivos. — Tom sorri sem dentes, mas de forma gentil, e começa a tirar as medidas do senhor Sthuart.

Quando Sthuart vai embora, Tom caminha até o quarto que fica nos fundos da casa, lá ele havia separado alguns objetos e roupas para doação de St James, um evento anual que recolhe nas casas as doações para desabrigados, moradores de orfanato e asilos.

Ele coloca algumas sacolas dentro de caixas, as lacra com fita adesiva e escreve na lateral: Doação. Assim que ele sai do quarto é surpreendido por Rosié, que foi ao seu encontro avisar que alguém o esperava na sala da alfaiataria.

Tom dificilmente se assusta, e desta vez não foi diferente, mas em seu interior algo pulou, porém ele conteve a pequena surpresa.

No setor de provas, algumas horas depois do necrotério, e com o fim da tarde quase começando, Miranda olha para a mesa onde se encontra quatro sacos plásticos etiquetados, todos têm itens que podem levar ao assassino.

No primeiro tem somente a capa do celular, já que ele não fora encontrado; no segundo, um brinco; no terceiro, uma caixa de veludo azul marinho e o quarto saco é grande, contendo um cabide com roupas penduradas. Miranda pede um par de luvas, e na sequência Rock entra na sala.

— Liam, aqui está a listagem das ligações do celular de Abby desde que comprou a linha. — Rock solta quatro folhas sobre a mesa, ao lado dos sacos de provas, e segura outras duas.

Miranda, mesmo tendo colocado as luvas, dá preferência a olhar a listagem de ligações. Antes que ela pergunte, Rock responde que, com exceção do último número, todas as outras ligações foram feitas e recebidas de celulares pré-pagos.

— Assim como os outros — Miranda diz. — Algum número em comum entre as vítimas? — Ela deixa os papéis sobre a mesa e abre o saco onde a caixa de veludo está.

— Sim. — Rock mostra para Miranda os números que ele marcou com a caneta. Ela divide seu olhar entre os papéis e a caixa de veludo que abre. — O nome dele é Thomaz Damon, e apenas agora ele se repetiu. O tal Thomaz teve contato com Solomon Pruen e Abby Sheldon — Rock diz, e diante dos olhos de Miranda surge o brilho de um botão com a marca Lello&Co gravado. Embaixo, em letras bem menores, Tom Damon.

Miranda olha para Rock como se estivesse diante de um grande passo desde a primeira morte. A verdade é que os números obviamente sempre foram comparados, mas nunca houve a repetição de um deles ou algo em comum entre as vítimas, a não ser o histórico escolar.

— Liam, pelos gastos, houve pagamento para Thomaz Damon nos últimos seis meses, desde cheques até transferências bancárias. — Rock coloca mais detalhes e Miranda abre o saco maior, onde está o cabide.

Assim que ela remove o saco e abre o zíper da capa preta, observa o terno feminino, branco e de extremo bom-gosto. No cabide de madeira, está gravado T&D e a nota do serviço feito.

— Carro novo, celular pouco usado denotando que também foi adquirido há pouco tempo e agora um terno feminino que nota-se ter custado caro. Parece que a Sra. Sheldon estava gastando bastante nos últimos tempos. Temos o suficiente para fazermos uma visita ao costureiro. — Miranda olha para as provas e sorri, ela está satisfeita e não sibila em sair da sala, chamar por Mark e ir em disparada rumo ao Via Deshent, um bairro de médio padrão em Dublin.

— Enfim, vamos pegar esse filho da puta — Mark diz e Miranda o olha com advertência.

— Ele é um suspeito e vamos apenas averiguar as informações. — Ela mantém a sua postura profissional.

— Temos provas contra ele — Mark dispara e ela nega com a cabeça.

— Um terno e um botão? Esse é seu parâmetro de provas? Precisa rever seu conceito, Mark, pode colocar atrás das grades um inocente — Miranda diz com ironia.

— E você pode deixar livre um assassino com essa sua atitude condescendente. — Mark sorri como se tivesse absoluta certeza e seu instinto de detetive recém-incorporado estivesse correto.

— Você chama de condescendência, eu chamo de coerência. — Ela é rude, seca e seria preciso um bom tempo para organizar em ordem alfabética os aspectos não agradáveis de Miranda.

— Vou evitar discutir com você — Mark diz, tentando fazer com que seja o último a falar nessa conversa sem fundamento.

— Não estou ciente de nenhuma discussão, mas em todo caso evite, porque vai ser melhor para nossa suposta convivência. — Ela para o carro em frente à casa de Tom Damon.

A fachada é cinza, a porta e as janelas são de madeira em tom esverdeado, padrão das casas dessa rua. Lixeiras vermelhas e uma árvore ao lado de cada uma delas. Bem tranquilo para aquela hora do dia, mas essa é a característica que Tom mais aprecia.

Miranda caminha em direção à porta, são quatro degraus até ela, aperta a campainha e olha para Mark.

— Para um costureiro, até que ele mora relativamente bem — Mark insinua, e isso é detestável, pessoas com baixo ou nenhum escrúpulo insinuam.

— E para um detetive, você está bem fora dos padrões exigidos para o cargo — ela retruca sem sorrir, e a empregada abre a porta com um pequeno e quase inexistente sorriso, é como se aquele pequeno movimento de seus lábios fosse para ser, a princípio, agradável.

— Boa tarde, sou a detetive Miranda Liam, poderia falar com o Sr Thomaz Damon? — Miranda mostra o distintivo e consegue de Rosié apenas um breve e indiferente olhar sobre a peça metálica.

— Por gentileza, aguarde um instante. — Assim que Rosié entra, Miranda pensa nas características físicas do costureiro: barrigudo, suspensórios e óculos redondo na ponta do nariz. Seu cérebro a alerta que essas características estão mais para um professor de história, e ela quase esboça um sorriso, mas aquele não seria o momento apropriado para isso.

Miranda olha pelo vão da porta e observa Rosié falando com alguém que o pilar de madeira cobre. A mulher gesticula com discrição e então um cheiro de Lima da Pérsia e baunilha invade o seu olfato. Ela gosta e aprecia o aroma agradável e sabe que vem de dentro da casa de Tom Damon. Imediatamente, percorre os olhos e observa um chão espelhado de tão limpo. Não ouve a voz de Tom assim que Rosié termina de falar. Ela percebe que a empregada se aproxima, e então disfarça a curiosidade sobre o aroma e sobre Tom.

— Sr. Damon pediu que entrassem e aguardassem. — Rosié direciona ambos às poltronas da antessala, uma espécie de pequeno saguão entre a sala principal e a rua, onde uma jarra com água e alguns copos estão dispostos ao lado sobre um pequeno aparador de madeira.

O cheiro de Lima da Pérsia e baunilha se intensifica, e Miranda fica inquieta, evitando a todo custo olhar para Mark. Ela não quer que ele fale absolutamente nada, nem antes, durante ou depois.

— Que lugar limpo. — Mark repara no chão e nos detalhes do pequeno cômodo entre a sala de atendimento aos clientes e a rua.

Miranda apenas concorda com a cabeça e tenta olhar para Tom, que ainda é escondido pelo pilar de madeira. Ela então ouve a conversa e coloca seus ouvidos em direção ao atendimento de Tom.

— Dick disse que iria pescar no final de semana e me convidou, o problema está em convencer a minha mulher — um dos homens fala e Miranda se atenta à conversa descontraída. Ela escuta o barulho da caneta sobre o papel e, em seguida, dois passos. Chega a imaginar que Tom seja casado e que goste de pescaria.

— Leve-a com você, Einor — o outro dispara, ambas as vozes são jovens e Miranda ouve as risadas.

— Está de brincadeira, Tom? Pescaria é o nome técnico para fuga do convívio familiar. Preciso de férias da minha rotina de pintar paredes, trabalhar no banco, desentupir o cano da pia e depois ter que pintar a parede novamente. — Agora, Miranda detecta a voz do cliente e de Tom.

— Pensei que fosse de fato uma pescaria — Tom diz, depois avisa que está pronto e que em duas semanas Einor pode retirar a peça. Miranda se ajeita na poltrona e espera pelo chamado do costureiro.

— É uma pescaria, mas não fisgamos os peixes habituais. — Eles riem e caminham em direção à antessala. Falam sobre o futebol e zombam um do outro. — Foi bom falar com você. Agora estou de volta, de repente podemos tomar uma cerveja qualquer dia desses. — Miranda suspende seus olhos e observa os homens que caminham até a porta.

— Tem meu cartão, me ligue. — Nesse momento, Tom Damon para de costas para Miranda, que primeiro olhou para Einor, alto, loiro de olhos azuis e que estava de social, em seguida desvia seus olhos para Tom. Sua atenção é sequestrada pelos cabelos dele, que roçam gentilmente o colarinho de sua camisa azul, depois ela olha para as mangas dobradas e para os braços torneados, que não se escondem sob o tecido claro.

Tom Damon se vira e vê primeiro Mark, que apresenta uma feição de nojo e descrença. Rapidamente ele tira os olhos do sujeito com cara de dor e os direciona para Miranda, que o encara.

Ela se levanta e fica de frente a Tom. Mark demora um pouco mais e evita o contato visual com o costureiro.

— Sou a detetive Miranda Liam, tenho algumas perguntas, se incomoda? — Ela mostra o distintivo e Tom não parece surpreso ou animado com isso. Como sempre, ele está indiferente.

— De forma alguma. Sou Tom Damon, o alfaiate. — Miranda pensa que Tom a levará para a sala maior, e pensa certo. Tom fica parado por um minuto, olhando para os olhos de Miranda e deixando que ela dê o próximo passo. — Por favor — ele mostra a direção e seguem pela sala maior.

O lugar tem quase quarenta metros quadrados, pé direito alto, com mais de três metros de altura. Quatro pêndulos de luz descem estrategicamente para iluminar todo o ambiente. Uma das paredes é totalmente coberta por rolos de tecido; estão em ordem crescente de cor em uma fileira; na outra, estão dispostos de acordo com o material; e em outra parede uma vitrine com abotoaduras, botões e prendedores de gravatas, tudo da marca Phill&Straus.

Tudo é organizado de forma quase doentia e isso perturba a imaginação de Miranda, que se lembra do furacão que passou por seu closet.

— Fiquem à vontade. Aceitam um chá, café ou água? — Educadamente ele sugere que sentem nas poltronas vermelhas. O que os detetives não imaginam é que todo gesto de Tom sugere algo mais, ele é habilidoso e apenas por se sentar diante de Miranda e manter a postura com a perna devidamente cruzada, já imobiliza grande parte das ações da detetive. Ele exala algo além de um mistério a ser desvendado, ele transmite a sensação constante de estar adivinhando pensamentos.

— Obrigada, nossa conversa é rápida, não quero atrapalhar o seu trabalho — Miranda diz, enquanto Mark olha para todos os pontos da sala. Tom já percebeu, e por mais que isso estivesse incomodando-o, ele não demonstra, porém não sorri. Para Tom esboçar qualquer sinal de alegria é preciso algo muito além do que olhares curiosos ou uma piada infame.

— Agradeço, mas em que posso ser útil, detetive Liam? — Ele mantém a formalidade e olha nos olhos de Miranda. Ele não se intimida, e isso a confunde, ela é treinada para isso, tem suas habilidades, mas Tom parece conhecer muito bem como colocar tudo isso no chão. Ele está em seu território, tudo para ele é seguro.

— Sr. Damon, conhece Abby Sheldon? — Miranda pergunta e os olhos de ambos se encontram de forma indiferente. Obviamente, o gordo de suspensórios não existe e o homem jovem de não mais que trinta e quatro anos a surpreende com sua aparência.

— Sim — ele responde, sucinto. Isso incomoda Miranda, e mais ainda Mark, que se remexe dentro de suas roupas sem muito asseio. Entre Miranda e Tom existe sincronismo no olhar e isso é indestrutível, Mark não tem habilidade com isso.

— E quando foi a última vez em que falou com ela? — Miranda se ajeita no sofá.

— Ontem ela esteve aqui de manhã, tirei suas medidas e, no final do dia, nos falamos por telefone — ele responde sem sibilar e com o intuito de deixar Miranda curiosa sobre as medidas que ele tirou. Thomaz Damon é bastante eficiente nesse quesito.

— Sr. Damon, infelizmente Abby Sheldon foi encontrada morta na região portuária essa madrugada — Miranda fala, esperando alguma reação de Tom.

— Lamentável — ele diz apenas isso, e seus olhos saem da mira dos olhos de Miranda. Seu rosto não transmite absolutamente nada a não ser uma sombra de dúvida sobre o que teria levado a detetive para a sua casa. Não era para ela estar ali.

— Sim, e na semana passada o senhor perdeu outro cliente. — Miranda olha para Tom, esperando os olhos dele em sua direção.

— Solomon — ele responde de maneira curta, deixando Miranda curiosa e Mark irritado. — Estive em seu funeral. — Ele irrita ainda mais Mark, e agora Miranda o encara com mais curiosidade. Tom é um homem atraente, de rosto marcante e impõe sua presença de forma estúpida. Ela sente o aroma do perfume dele, algo leve, quase doce, e que lembra uma sutil nota de almíscar.

— Conhecia-o há muito tempo? — Mark resolve se manifestar, perguntando de maneira abrupta. Tom mantém seus olhos em Miranda, nos olhos inquisidores de Miranda Liam, que tenta saber mais, mas se frustra com as respostas praticamente monossilábicas.

— Dois anos, talvez. — Mark esfrega a boca com a palma da mão e, levantando-se, anda dois passos para cada lado. Tom conhecia Solomon há muito mais tempo.

— Suas respostas são rasas, Sr. Damon — Miranda faz uma pequena observação sobre a economia de palavras de Tom, que a encara como se começasse a formar uma opinião sobre a detetive de atitude firme e que não tem medo de encarar desconhecidos.

— Suas perguntas também. Se precisa saber algo mais profundo, apenas pergunte. O que estiver dentro das possibilidades, com certeza responderei. — Tom faz discretamente um aceno para Rosié e ela gesticula com a cabeça, mostrando que havia entendido o pedido.

— Pode ser que eu precise de respostas que possam passar das possibilidades. — Miranda o enfrenta, e o que era para ser uma simples bateria de perguntas e possíveis respostas, agora se torna algo em brasa.

— Nesse caso, sugiro que me encaminhe uma intimação, assim formalizaremos um suposto depoimento e, quem sabe, dentro *dessas* possibilidades, minhas respostas possam ser de uma profundidade adequada para suas necessidades. — Ele a olha com provocação. Dentro de sua cabeça existe uma detetive em sua casa, lhe fazendo perguntas e nua. Ele imagina o desenho do corpo de Miranda, amordaçada, talvez algemas e algumas palmadas leves... não, intensas, dessas que podem deixar digitais gravadas.

— Tem plena consciência de que está falando com uma autoridade, Sr. Damon? — Miranda tenta usar seu distintivo para uma sutil ameaça. Os olhos de Tom agora sugerem que ela continue.

— Sim, há algo que esse pobre alfaiate tenha dito que tenha desrespeitado ou não contribuído com a autoridade em questão? — Ele deixa que a sombra de um pequeno sorriso interfira no canto de sua boca, suspendendo discretamente e deixando sua feição sólida mais suave. Ele não imagina, mas isso derruba algumas armas de Miranda, que tem por natureza atacar, mesmo quando não há necessidade.

— Por enquanto, não. — Ela está incomodada com a atitude sem medo de Tom, e Tom está com pensamentos nada apropriados sobre a detetive, mas são apenas pensamentos e isso não é nada fora do normal. Ele possivelmente a levaria até o segundo andar do Mitral e a foderia com tanta força que, na manhã seguinte, possivelmente, ela se arrependeria, mas depois possivelmente desejaria repetir a dose.

— Existe algo mais em que eu possa ser útil? — Tom pergunta, e a todo momento ele olha apenas para Miranda. Ele divide os segundos entre os lábios dela e seu pescoço, se esforça para não descê-los e consegue manter o mínimo de discrição voltando seus olhos na direção dos dela. Rosié traz uma bandeja com três xícaras, mel e um bule e deixa sobre o pequeno aparador perto das poltronas.

Ela pede licença e volta para a cozinha. O cheiro de chá de Lima da Pérsia percorre todos os sentidos de Miranda, e Tom a encara, observando sua respiração. Miranda inala profundamente, sente vontade de experimentar o chá e engole em seco ao ver Tom colocando em uma xícara verde escura, com uma alça bem trabalhada, uma pequena dose do líquido.

Tom sabe que ela o encara, que busca pistas. Ele não busca nada, a não ser confundi-la. Ele abre um pote de vidro e retira uma espátula roliça, coloca dentro da xícara um fio de mel, que desaparece na temperatura e deixa o aroma ainda mais agradável.

Ele pega uma colher e mexe apenas duas vezes.

— Não precisa misturar muito, o mel é apenas para ser lembrado dentro do chá, e não sentido — ele diz. Estica a xícara para Miranda, que não tenta em momento algum recusar, engole em seco e alcança-a, tocando suavemente na mão dele. Ela havia esquecido sua brutalidade e se deixou levar por seus gestos sugestivos. Ele sabe como movimentar as mãos, isso é instigador.

Claro que Tom sabe que seu perfil é atraente, que sua camisa clara não disfarça o que treina todas as manhãs com suas corridas, sabe que, por menor que seja, Miranda o encara com outro olhar. Ela não está investigando Tom Damon, está querendo descobrir algo mais sobre ele, como se, além de chás, quisesse experimentar algo que também pode ser misturado ao mel, mas com mais intensidade, não para ser apenas lembrado, algo para ser sentido.

Miranda leva até a boca uma pequena dose do chá, a fim de disfarçar o seu interesse sobre a boca de Tom, mas ela fracassa e tem plena consciência disso. Seus olhos se fecham, como se eles também degustassem o que sua boca saboreia. Ela não deveria ter aceitado o chá e deveria também evitar coisas relacionadas a aromas e gestos sensuais. Ela precisa esclarecer uma série de assassinatos, e Tom, mesmo sem saber, é um suspeito em potencial.

— Aceita? — Tom pergunta para Mark, que nega rispidamente e olha com condenação para Miranda, que ainda não percebe que encara Tom, mas agora seus olhos estão aflitos e não imperialistas.

Tom se serve também, mas coloca em sua xícara um pouco menos de mel e ele não mexe. Ele a leva até a boca. O desenho perfeito do lábio inferior de Tom ao redor da xícara faz com que Miranda aprecie a mistura de vermelho e verde.

Tom abusa do poder que tem. Em nenhum momento mostra qualquer tipo de insegurança, desde a forma como segura a xícara de chá com firmeza e sem usar a alça, até a forma como permite que a bebida passe vagarosamente pela sua garganta. Uma provocação assistida por Miranda, que pressiona uma coxa na outra e tenta disfarçar o que sente ao olhá-lo bebendo uma pequena quantidade do líquido quente.

Ele a envolve em sua dança, é majestoso e consegue de sua plateia a atenção que precisa. Tom leva novamente a xícara até a boca e desta vez o gole é mais generoso, sua garganta delata a quantidade e seus olhos estão sobre os de Miranda, que deselegantemente deixa sua boca entreaberta.

Miranda bebe mais um pequeno gole contra a sua vontade, pois por ela repetiria e levaria um pouco para sua casa. A mistura de Lima da Pérsia, mel e ordem de Tom Damon a deixa confusa por alguns instantes, e ela chega a culpar o chá. Mas não é a bebida que a confunde, ele a confunde, com seus gestos precisos em torno de uma xícara, com sua limpeza e com outro aroma, o do seu perfume, que torna sua companhia especialmente agradável.

Mark chega a pigarrear, tentando quebrar a sincronia entre Miranda e Tom, mas ele não consegue. Mesmo que persistisse, detetive e suspeito estão entrando em um mundo paralelo, feito de gestos precisos, bocas vermelhas e uma pequena quantidade de mel.

Mas Miranda precisa sair desse mundo onde possivelmente estaria sem roupas. Ela tem que resolver uma série de crimes, mas a verdade é que o que necessita fazer está muito longe de sua vontade. Ela se serviria desse chá por um longo tempo e depois colocaria suas roupas... ou não.

— Obrigada. — Ela estende a xícara para Tom, que não sorri, mas seu rosto é suave, como se ele já soubesse o que aconteceria. — Talvez eu precise de mais informações sobre você... quero dizer... sobre seus clientes em questão. Peço que não faça planos de sair da cidade, Sr. Damon. — Ela tenta resgatar o pulso firme que ficou no primeiro gole do chá. Miranda desconfia das propriedades da bebida.

— Eu sempre faço planos, detetive Liam, mas sair da cidade não está entre eles, pelo menos não mais. — Tom desce seus olhos lentamente, ignorando a discrição que havia usado anteriormente, contornando o colo de Miranda, invadindo o centro de seus seios e quase deixando seu umbigo nu. Ela o encara, e ele continua descendo. No instante seguinte, pisca seus olhos, mas o fechar dura dois segundos. Quando os abre, eles estão diretamente dentro do olhar de Miranda que, pela primeira vez em sua vida, se vê sem nenhuma mísera saída.

Mark tenta entender o que ambos estão fazendo, mas esse tipo de conversa ocular nunca foi apropriada para mais de duas pessoas. O assunto é secreto e apenas a imaginação das partes envolvidas é que sabe o conteúdo dessa interação.

— Agradeço a atenção. — Ela se levanta e caminha em direção à porta. Tom a alcança e Mark está perdido nesse duelo de dois pares de olhos desafiantes. Tom abre a porta da sala, e Miranda segue até a calçada, mas antes de sair, para bruscamente e quase que Mark tromba com suas costas. — Obrigada pelo chá. — Algo atormenta Miranda, mas é o tipo de tormento que precisa ser verificado, pois ela pode estar fazendo isso para usar contra Tom.

— Sabe onde moro — ele dispara e a deixa sem graça. Mark bufa algum tipo de palavrão e desvia de Miranda, ganhando a rua e deixando essa sintonia de dois canais para trás.

Miranda engole novamente a seco e olha mais uma vez para a boca de Tom. Ela desce os degraus e caminha em direção ao seu carro. Mark está com o braço apoiado sobre o teto, e olha com ódio para Miranda e para Tom, que a acompanha com o olhar.

Miranda aperta o controle do carro e as portas são destravadas. Ela entra e se senta no banco, apoiando as mãos sobre o volante e respirando fundo até que seu cérebro entenda a mensagem. Ela precisa sair dali, ir para longe e adquirir ódio de chás que envolvam mel e mãos sedutoras, do contrário, voltará para o chá das cinco no dia seguinte.

— Ele lhe tirou o ar, detetive Liam? — Mark pergunta com ironia e repulsa, provocando Miranda.

— Se eu tivesse asma, ela me tiraria o ar, Mark, e por favor, mantenha-se dentro da sua ridícula postura de parceiro patético. Tenho uma série de homicídios para resolver, não tenho tempo para suas indiretas absurdas. — Miranda liga o carro e sai devagar, olhando para Tom, que está de braços cruzados, encarando-a.

Tom entra e organiza sua mesa, guarda sua fita métrica, coloca o giz dentro de uma pequena caixa acrílica, deixa os rolos de tecido com as pontas guardadas para não acumular pó e guarda a pequena almofada preta com algumas dezenas de alfinetes deixando-a colorida.

Ele vai em direção ao quarto, toma um banho rápido e depois de colocar um jeans claro, uma camisa branca e um casaco grosso, ele sai. Seu destino é o Mitral. Não faz muito tempo que ele saiu de lá, mas é lá, no segundo andar, que ele vai extravasar sua tensão.

Possivelmente vai estar no quarto oriental, será recebido por Análiah e, como da última vez, ela vai estar nua, com os cabelos presos em um rabo de cavalo. Análiah é uma versão sexy de um desenho mangá.

Ela aprecia as amarras feitas de lã e gosta como é açoitada por Tom porque ele sabe como fazer isso, não deixa marcas, é como o mel no chá de lima da pérsia, ele é lembrado... constantemente.

Análiah vai estar segurando as tiras de lã em sua mão direita, vai estar sentada com as pernas cruzadas, mostrando o desenho perfeito de sua coxa torneada e branca, em seus olhos, o desejo que ele venha mais violento, mais forte, e é isso o que acontece.

Tom abre a porta e escuta o suspiro de Análiah. Ela está com salto alto da cor púrpura, e se levanta, indo até ele, que alcança as amarras e a vira de costas.

— Forte! — ela implora, e ele não diz nada, está perturbado por distintivos e olhares desafiadores em sua direção.

Tom remove suas roupas assim que os pulsos de Análiah estão presos. Ele a coloca sobre seus joelhos na cama e desce seu rosto, encostando-o sobre o lençol branco. Assim que desenrola o preservativo sobre seu membro, ele enterra em Análiah sem dó e sente mais tesão ao ouvir os gemidos de dor.

Para o alfaiate que rege a foda que Análiah precisa, tudo é simples, pelo menos nesse momento é. Seus pensamentos estão sobre o distintivo e, por vezes, o quadril de Análiah batendo contra sua pélvis o faz imaginar como seria foder Miranda.

Ele não está concentrado no sexo que está praticando, mas sim no sexo que planeja praticar. E não será com Análiah.

5

Miranda não consegue ficar livre de Mark, e mesmo chegando ao departamento de polícia, ele a segue e continua com seu discurso infundado, enciumado, sobre o alfaiate.

— Não acho ele confiável — Mark dispara assim que entra na sala de Miranda logo atrás dela. Ele tenta esconder, mas a presença de Tom o incomodou, mais ainda porque a presença do alfaiate incomodou Miranda em um nível que vai além da investigação.

— Não estou atrás de pessoas confiáveis. — Ela lança um olhar de fácil entendimento. Mark também não seria uma pessoa na qual pudesse contar algum segredo. — Estou atrás de pistas que me levem ao responsável pelos homicídios, o resto não me importa.

— Detetive Liam, Greg quer falar com você — Rock dispara depois de ter batido duas vezes na porta. Sua cara já avisa que o chefe não está em um dia bom para um piquenique.

— Boa sorte, Miranda. — Mark testa a paciência dela, que o ignora e segue seu caminho. Ela respira fundo e, antes de seguir com passos firmes em direção à sala de Greg, para e olha para Mark.

— Saia da minha sala — Miranda ordena e, mesmo com ódio sobre as ordens dela, Mark a obedece, pois está nas mãos dela sua continuidade dentro da corporação.

Miranda segue pelo corredor e chega à sala de Greg, seu superior imediato. Bate duas vezes. Ele levanta dois dedos e autoriza sua entrada, indicando as cadeiras para que ela escolha uma e sente. Ele tem pouco mais de cinquenta anos, grisalho mediano, um metro e oitenta e chato, mais chato do que o indicado para sua função.

Ele está ao telefone e fala com alguém da Corregedoria, encontra-se mais irritado do que o habitual e está ironicamente dizendo que precisa de um relatório final para a solicitação. Ele olha, alfinetando Miranda, que está na corporação contra a sua vontade, porque sabe que o nome dela é mencionado quando ele precisa de férias, coisa que tem evitado para não ter problemas com a disponibilidade de seu cargo.

Greg desliga o telefone, se levanta e abotoa um único botão de seu paletó. Coloca uma mão no bolso e com a outra fecha a porta com um pouco de rebeldia. Seus sapatos, recém-engraxados, denunciam uma preocupação saudável com sua aparência.

— Detetive Miranda Liam — ele diz pausadamente e caminha pela sala, fazendo barulho com a sola de seu sapato. — Temos dois problemas aqui. Ambos dependem de você e pelo visto não está conseguindo lidar com a pressão de fazer duas coisas ao mesmo tempo — ele a alfineta. Miranda fecha os olhos e busca calma, ou algo mais próximo disso.

— Estou...

— Não, não está — ele a interrompe e não deixa espaço, e nem tempo, para que ela possa se justificar. — Se estivesse, pelo menos uma das duas coisas estaria concluída. Eu quero entender qual é a dificuldade em fazer um relatório sobre seu parceiro de trabalho, ou então o motivo pelo qual você não respeita Jade. Não posso admitir dentro da minha corporação uma intriga pessoal e que não vai ajudar em absolutamente nada. — Ele é completamente grosso e não pondera o volume de sua voz, se mostrando um profissional não habilitado para a função de chefia.

— Greg... Não posso fazer um relatório baseado em três dias ao lado de Mark. Eu ainda não sei se ele pode voltar para as ruas com uma arma na mão, não podemos ter outra vítima e nem correr o risco da próxima ser fatal — Miranda dispara e se levanta.

Ela encara Greg, que insiste para que ela preencha o relatório de forma positiva, mas esse trunfo ela tem em suas mãos. Foi encarregada de fazer isso pela própria Corregedoria, afinal, ela era a parceira de campo de Mark e não possui nenhum grau de parentesco, diferente de Greg, seu cunhado, que tem fortes interesses em manter o parente por perto e Miranda bem longe.

— Você não acredita na reabilitação dele? — Greg pergunta com ironia e sabe que não pode fazer absolutamente nada contra Miranda. Ela não desacatou seu superior e não deixou de cumprir absolutamente nada que lhe foi delegado.

— Não, ainda não. Eu trabalho com Mark há dois anos, e o senhor sabe que tenho colocado em meus relatórios há mais de um ano o comportamento estranho e sem paciência de Mark, sem contar que ele tem como vício, a bebida. Não acredito que isso possa contribuir. — Ela não abaixa sua certeza diante de Greg e ele a odeia em mais vinte por cento. — Não somos policiais de rua. Se fôssemos, não teríamos armas e sim spray de pimenta. O que aconteceu naquele dia, poderia ter acabado em tragédia.

— Gostaria de ser avaliada com tanto rigor, *Srtª* Liam? — Greg a provoca.

— Sou avaliada diariamente com rigor, tanto ou mais que ele. Sou uma mulher, e isso por si só passa por testes diários de paciência para não termos conflitos sem fundamentos — ela dispara, e no mesmo instante recua apenas um pouco o tom de voz.

— Sabe, detetive Liam, talvez o tiro que Mark disparou acidentalmente tenha sido para lhe defender, não parou para pensar sobre essa hipótese? — Ele volta a se sentar, encarando-a, e ela faz o mesmo.

— Senhor, sabemos que não foi isso o que aconteceu. Naquela manhã ele estava alterado, e isso eu ainda não sei se chegou aos relatórios da Corregedoria, mas vai chegar através dos meus. Mark havia consumido alguma coisa, e onde eu estava não precisava de nenhum reforço. Uma criança quase morreu, é isso o que eu sei. Não estou nesse cargo por hobby, estou porque amo fazer isso e conheço bem os efeitos de algumas substâncias. — Ela encara o chefe, sem mostrar medo. — Greg, eu sei o quanto luta diariamente para me aguentar aqui, eu sinto, mas isso para mim é ter um bom-dia e eu vou fazer o relatório em cima da verdade.

— A verdade muda de acordo com o ponto de vista. — Greg empurra o encosto de sua cadeira com seu corpo e a olha, desafiante e tão arrogante que chega a embrulhar as entranhas de Miranda.

— De onde eu venho a verdade é uma só — ela retruca, e o que resta do que pode se chamar de paciência está no fim.

— Não vou discutir com você sobre verdades ou não. — Ele se apoia sobre a mesa e olha para a morena que cospe algumas porções de brasa. — Alguma novidade sobre os homicídios? — Miranda precisa ser coerente em suas respostas, mas por dois segundos ocorreu uma resposta do tipo: *Estão todos mortos ainda, aguardando algum milagre ou uma evolução da medicina.*

— Sim, a última vítima, Abby Sheldon, nos deixou algumas pistas e temos um primeiro suspeito no caso. — Ela mal termina de falar e Greg se coloca de pé.

— Onde está esse suspeito que não está aqui sendo interrogado? — Ele sempre vai conseguir achar um grande problema, mesmo quando tudo caminha para uma direção positiva.

— Está sendo providenciada a intimação — Miranda diz, enquanto Greg alcança o telefone e liga para Rock, exigindo que fosse gentil e trouxesse pessoalmente o documento ainda naquele dia até a corporação, se fazendo dessa forma presente.

Miranda olha para Greg como se desejasse sua morte. Esses impulsos imperialistas que passam por cima do trabalho que ela está fazendo a irritam, mas são quase seis anos de corporação e ela não vai jogar isso fora por conta de um orgulho ferido com uma bala de canhão.

— Detetive Miranda Liam, é assim que resolvemos as coisas, e não com essa morosidade cansativa que vem apresentando — Greg a ameaça, e os olhos de Miranda fervem.

Greg não entende que sua impaciência sobre o caso pode colocar tudo a perder. Ele sempre age de maneira imprudente, quando se trata de mostrar serviço, e acaba esquecendo de manter a ética e o profissionalismo.

— Em quase dois meses, esse é o primeiro passo promissor nesse caso, não podemos agir por impulso apenas para mostrar resultados para a Corregedoria. — Miranda está a um fio de perder a compostura, ela precisa respirar ar fresco, sem o Greg compartilhando do mesmo ambiente.

— Somos cobrados, existe uma população com medo, e você não está apresentando a evolução necessária. Esse caso lhe foi entregue erroneamente e posso consertar esse erro. — A completa falta de empatia por Miranda faz com que Greg dispare algumas coisas que podem resultar em outras, mas Miranda engole e faz passar por sua garganta os palavrões contra ele.

O telefone de Greg toca, e é Rock avisando que está a caminho da casa de Tom Damon.

— Viu? Apenas uma questão de agilidade. Nada contra você ou seu modo lento de trabalhar, mas eu prefiro o meu modo, competente e que fornece para nossos superiores as respostas que eles precisam. Agora, se puder me dar licença... — Ele se levanta, vai até a porta e a abre. — Preciso concluir os meus relatórios e responder de maneira eficaz para a Corregedoria.

Miranda sai e, assim que cruza a porta, o som dela se chocando contra o batente atrai os olhares de todos do escritório. Miranda tem enfrentado Greg desde que entrou para a corporação. Ela frustrou grande parte dos planos de Greg, e sua maneira honesta de trabalhar, o impede de passar informações com teor duvidoso para a Corregedoria.

Ela caminha em direção à sua sala e fecha a porta. Miranda se senta e apoia a testa na palma das mãos. Mesmo que não queira pensar sobre isso, ela analisa que em poucos minutos Tom Damon, o homem do chá de Lima da Pérsia com a quantia precisa de mel, estará no escritório.

Ela assimila as informações dele, tentando encaixar cada uma delas no parâmetro de um potencial suspeito, mas sua intuição dispara em outra direção. Ele é um suspeito, mas as provas contra ele são nulas, o que poderia enquadrá-lo em uma situação mais crítica seria a ausência de um álibi nas noites dos crimes e, mesmo assim, não seria o suficiente.

Miranda alcança os formulários da Corregedoria que ainda estão em branco e os analisa com cautela. Ela não pode colocar seu desentendimento pessoal ali, e sim a postura profissional de Mark. Ele precisa ter uma avaliação justa, mas a intuição de Miranda faz um alerta sobre essa mudança repentina de humor que quase deixou uma vítima fatal.

Ela guarda os papéis e olha para a tela, observa seus e-mails, mas sua cabeça está distante. Está nos corpos encontrados, no suspeito e no martírio que terá que aguentar caso faça um relatório desfavorável em relação a Mark. Greg vai levá-la ao inferno caso isso aconteça.

Ela coloca dois analgésicos dentro de sua boca, pois precisa se concentrar e tentar não enlouquecer, mas sua cabeça está doendo com mais intensidade e ela se sente no olho de um furacão. Miranda é forte, mas não é indestrutível. Ela é criticada por ser rica e mesmo assim trabalhar com afinco. Muitas mulheres na mesma condição estariam fazendo compras exorbitantes em Paris, ou jantando em algum lugar de altíssimo nível na Espanha.

Mas ela gosta do que faz, é competente, e sua arrogância se torna um poço de simpatia perto da prepotência de Greg, que a odeia com toda força.

Miranda abaixa sua cabeça por alguns instantes e filtra tudo o que ouviu, tenta absorver o que foi dito de produtivo e o resto ela descarta.

Ela lembra da manhã quase fatídica, quando Mark achou seguro disparar um tiro durante uma negociação. A criança que estava como refém foi baleada, e o sequestrador foi atingido, em seguida, por Miranda. A criança ficou quase três semanas internada, e Greg moveu céus e terra para que Mark não fosse expulso da corporação. Mark atirou por impulso, estava alterado e, até que a criança recebesse alta, Miranda se preocupou em visitá-la no hospital. Policiais de rua não usam armas na Irlanda, usam spray de pimenta, mas Mark e Miranda não são autoridades de campo, eles são investigadores.

Ela respira fundo e pressiona os olhos, tentando se livrar da dor de cabeça que não passa. Assim que suspende seus olhos, observa o relógio na parede do outro lado da sala, faz quarenta minutos que Rock saiu. Ele pode estar demorando por conta do trânsito, ou porque Tom possa não estar em casa. Ela acerta, ele não estava.

Quase uma hora depois, Miranda observa Tom Damon entrando na delegacia ao lado de Rock. Ela sente o gosto da Lima da Pérsia, levemente misturado ao mel. Sente o cheiro de baunilha que possivelmente era de algum bolo ou guloseima que a governanta estava fazendo.

Ela se lembra da ordem impecável e da limpeza que cerca o homem dos tecidos. Encara-o pelo vidro da divisória de sua sala e no instante seguinte é flagrada por ele, que a olha como se estivesse satisfeito em revê-la. Talvez esteja. Assim que Tom passa na frente de sua sala e observa a mesa cheia de papéis, com os cotovelos de Miranda em cima, ele cerra os olhos e internamente a adverte pela bagunça, mas consegue imaginá-la nua sobre a mesa desorganizada.

6

Tom Damon é colocado na sala onde um espelho disfarça os olhares de Mark e Greg através do vidro. Seguindo a ordem de Greg, Rock o deixa sozinho. Na sala estão apenas a mesa retangular, com quase dois metros, quatro cadeiras e um ventilador que não funciona.

Tom observa tudo ao seu redor e mostra uma tranquilidade irritante e suspeita. Mark o odeia sem um grande motivo, apenas o odeia. Pode ser pelo fato de Tom ter uma destreza impecável com xícaras, lima da Pérsia e mel, pela aparência imponente, ou por ter tirado de Miranda Liam, sem grande esforço, parte do oxigênio.

— Veja, ele não tem emoção alguma, é frio e tem um olhar desafiador, características principais de um sociopata — Mark diz baixo para Greg, que não hesita em apresentar um resultado, mesmo que errôneo, para a Corregedoria. Isso o ajudaria em alguns aspectos.

— Mark, não se meta em nada que possa fazer a vadia da Miranda lhe foder no relatório. Deixe isso comigo, tente não esboçar sua opinião e finja que pelo menos os meses afastado resultaram em algo positivo em sua reabilitação. Não vou ficar limpando sua merda o tempo todo — Greg fala baixo, suas mãos estão no bolso e ele olha para o alfaiate, que se mantém calmo, como se estivesse na sala de sua casa, lendo o caderno de esportes e tomando seu chá.

— A vadia quer me foder — Mark diz abafado, junto com um palavrão, e escuta passos em suas costas. Ele sente o perfume, ele conhece, deseja a dona desse perfume, mesmo que isso arruíne sua vida. Mark pensa, quase todas as noites, como seria uma foda com Miranda.

— Quem quer te foder? — Miranda pergunta, deixando-o sem jeito. Ela se posiciona ao lado de Greg. Se ele é insuportável, ela é pior.

— Liam, entre lá e tente fazer um bom trabalho — Greg ordena e Mark solta um risinho de deboche assim que o superior os deixa.

— Parece que o chefe não está com um humor muito bom. — Mark olha para os olhos de Miranda, que estão estacionados sobre o alfaiate. Ela repara que ele não está com a mesma roupa de antes. Sua calça jeans é escura, sua camisa é branca e a jaqueta de couro marrom combina com os sapatos da mesma cor.

Ele está com o cabelo úmido, e seus dedos estão entrelaçados sobre suas pernas. Permanece quase ausente daquele lugar. Miranda está observando qualquer movimento antes de entrar na sala. Tom nem sequer mexe a perna ou bate o pé no chão mostrando impaciência.

— Não faço parte de uma bancada de jurados de um programa de auditório para avaliar o humor de alguém — ela diz, e mantém os olhos em Tom, esperando qualquer reação dele, pelo menos um sinal de que está irritado ou curioso, mas o que ela consegue é uma dose grande de frustração. O rosto de Tom não denuncia nada do que ele esteja pensando, ele está ilegível.

Miranda puxa o ar, em seguida sai e em dois minutos volta com uma pasta contendo todas as fotos de todas as vítimas. Ela entra sem rodeios, quase que desafiando o desinteresse de Tom, que nem sequer olha para a porta assim que esta se abre violentamente.

Miranda coloca, com uma discreta força, a pasta em cima da mesa e uma foto corre para fora, deixando o rosto pálido de uma das vítimas de frente para Tom, que eleva seus olhos rapidamente e mantém o mesmo desinteresse. Ela, então, se senta de frente a ele, a menos de um metro de distância. Tom está na ponta da mesa e ela na lateral.

— Nos encontramos de novo — Miranda diz, e tenta parecer simpática, mas ela falha, e nem imagina o quanto isso agrada a Tom Damon. Primeiro porque ele odeia os rituais enfrescurados de mulheres que o desejam, mas fingem que não. Miranda ainda não sabe, mas ela o quer e nem está fazendo questão de disfarçar, ou se está fingindo, lamentavelmente está fracassando.

O fato é que o interesse surgiu quando ele misturou levemente o mel para ser lembrado, e depois se agravou quando os olhos dele a fizeram de idiota assim que percorreu seu corpo. Miranda se sente atraída por Tom por conta do mistério que ele esconde com sucesso. O que faz Tom sentir o mesmo por ela, é o fato dela não conseguir esconder isso dele. Em ambos existe um desejo, um desejo separado por uma série de assassinatos. De um lado, a mulher que vai resolver tudo, e do outro, o possível culpado.

— Sr. Damon, vamos pular a parte em que eu lhe conto sobre a série de assassinatos que está acontecendo como se você não soubesse, isso economiza tempo e energia. — Miranda tenta parecer dura, ela se sente confortável em fazer isso, o território é dela.

— Talvez não devêssemos pular absolutamente nada, talvez eu não saiba de nenhum outro assassinato a não ser o que conversamos algumas horas atrás. Quanto a economizar tempo e energia, isso não faz o meu estilo, são duas coisas que aplico de forma adequada. — Ele ainda está ilegível, e Miranda observa os olhos de Tom. É quase uma provocação. Ela engole em seco e sente uma absurda vontade de beber algo, um chá lhe ocorre, e ela tenta não pensar.

— Como queira. — Ela bem que tenta respirar fundo, mas a dor de cabeça piora e tudo fica difícil. Mesmo que ela negue para si mesma, Tom Damon está aliado à sua dor.

Miranda coloca em ordem de acontecimentos as fotos sobre a mesa, e conta detalhadamente onde e como foram encontradas as vítimas. O olhar de Tom fixa-se em Miranda; às vezes em seus olhos, mesmo quando não estavam em sua direção; na ponta de seu dedo, observando uma unha recém-feita com uma cor clara, ou no perfil suave de seu rosto emoldurado por mechas castanhas escuras ao seu redor. Tom se sente mais atraído pelo nariz dela, levemente empinado, fino e que combina com o desenho dos seus lábios carnudos e rosados.

Ele observa as duas pequenas pintas, uma logo abaixo da boca e outra no centro da bochecha, enquanto a escuta falando sobre as mortes, analisando-a detalhadamente, afinal, esse é o mal que assombra pessoas vítimas do perfeccionismo. No caso de Tom, está procurando algo ruim nela, e a única coisa que há nessa situação são os pensamentos dele em relação a ela. Ele não consegue pensar em nada que seja bom ao olhá-la e isso não é ruim, pelo menos não para ele.

Os olhos dela também são castanhos e seus cílios têm uma curva bonita. Ela não cobre a pele com maquiagem, apenas rímel e batom, que a essa hora não está mais em seus lábios. Então chega o momento de Tom engolir em seco, mas ele não pensa em chá para molhar sua garganta, pensa no sexo de Miranda Liam, sentada em seu rosto e com seus cabelos soltos, que cheiravam a xampu caro.

Algo dentro da calça de Tom o alerta sobre o perigo, o perigo em ser ele, o homem que não tem uma lista de vontades não realizadas. Tudo que Tom deseja ele tem, impreterivelmente.

A voz de Miranda some, e ele observa o movimento de sua boca, a dança bonita de sua língua dentro e fora dela quando umedeceu os lábios e retomou os fatos em fotos sobre a mesa. Assim como Miranda se perdeu dentro do universo de Tom quando visitou sua casa naquela mesma tarde, Tom acaba de se perder dentro de Miranda, de determinar que ela seria a próxima.

— Algo lhe é familiar em tudo isso? — Miranda pergunta e olha para Tom, que escutou a primeira parte do que ela havia dito, mas na segunda o próprio cérebro apitou desesperadamente para que ele parasse de imaginar Miranda Liam nua sobre sua mesa de tecidos.

— Nada. Desta lista de pessoas, eu tinha contato com duas, mas isso não se enquadra em padrões familiares. Eles eram meus clientes, nosso assunto era profissional — Tom responde amigavelmente, olhando para cada uma das fotos, e volta seus olhos para Miranda. — Algo deveria ser familiar? — ele questiona e mantém seus olhos na direção dela.

— O senhor é quem deveria responder a essa questão — ela rebate, e ele quase cerra os olhos, mas se controla. Tom sabe que Miranda quer algo que alimente a sua condição de suspeito, mas não vai ter.

— Nada aqui é familiar, e o que tenho por base relacionado à família é bem diferente — ele é um pouco rude, mas nada fora do seu normal.

— Não pareceu assustado ao ver pessoas estranguladas, geralmente isso incomoda as pessoas que não tem contato com esse tipo de realidade. — Ela cutuca e não imagina que Tom, depois de algum tempo, teve acesso às fotos do seu irmão, nu, com uma marca violenta no pescoço, jogado em um parque como se fosse um amontoado de coisa alguma. Raphael era o ídolo de Tom, e ele estava morto, isso o fazia se sentir assim, calmo diante de fotos tão grotescas e impactantes. Sim, Miranda, existe algo familiar nessa história, mas você não vai saber disso, não através de Tom Damon.

Seria complicado ele explicar que pessoas desconhecidas e mortas não lhe causam impacto porque seu irmão, que sonhava em ser piloto de avião, havia sido arrancado dele de forma hedionda. Tom precisou se conformar com as noites sem as histórias do irmão mais velho, ele falava sobre o céu, sobre os lugares que gostaria de conhecer e que quando Tom crescesse, eles viajariam e conheceriam a cabine de um avião.

Esse futuro planejado nas noites antes de Tom adormecer, não aconteceu. Esse futuro ficou travado em um passado com um corpo massacrado e jogado no meio de uma floresta.

Tom precisou seguir sua vida correndo todos os riscos, porque o seu super-herói havia sido derrotado.

— Poucas coisas me assustam, detetive Liam. Fotos de pessoas mortas, não — ele responde com calma e sabe que não está conseguindo esconder a lembrança das fotos de seu irmão. Tom buscou o que aconteceu, da mesma forma que vem se esforçando diariamente para não permitir que o ódio domine completamente seus instintos. Tom não sabe, mas acaba de fechar seus olhos por três segundos e jogar ar para dentro de seus pulmões, a fim de manter a calma.

Quando ele abriu os olhos, foi duramente encarado por Miranda. Dentro da cabeça dela, uma confusão acontecia e ao mesmo tempo se resolvia.

— Onde esteve na última quinta-feira entre duas e cinco horas da manhã? — ela pergunta e o encara, como se tivesse descoberto algo fraco nele, como se ele estivesse vulnerável, mas não estava.

— Com amigos — ele responde de maneira sucinta.

— Poderia apresentá-los?

— Não. — A resposta foi curta, seca e grossa, alertando todos os sentidos de Miranda, como se uma sirene contra incêndios estivesse ligada.

— Não? — ela quer confirmar, como se não entendesse. Quem não apresentaria um álibi para se livrar de uma condenação?

— Não, as pessoas com quem eu estava não serão apresentadas. — Ele se mantém na mesma postura que estava quando chegou na delegacia e fechou seu rosto em algo quase desagradável.

— Sugiro que contrate um advogado. Caso não possa, o estado lhe oferecerá um. — Ela usa toda a sua arrogância e insinua a condição financeira de Tom.

— Obrigado pela sugestão, tenho um bom advogado. — Os olhares agora se desafiam, ela quer saber tudo sobre esses amigos, e ele ainda quer tê-la nua, e se possível por horas. Para a surpresa de Miranda, Tom pega seu celular do bolso interno de sua jaqueta. — Posso usar meu celular para fazer uma ligação?

— Sim. — Ela o encara, e ele desliza o polegar sobre a tela. Olha para a lista de sua agenda, em seguida pressiona e coloca o aparelho em sua orelha.

Quatro chamadas depois, a pessoa atende.

— Senhor Hilbert Liam, é Tom Damon quem está falando. — O rosto de Miranda desaparece em menos de um nano segundo e tudo treme por dentro como um grande terremoto. Ela percebe que sua cabeça possui a habilidade de doer cada vez mais e em pontos diferentes.

Do outro lado, Hilbert responde que acabara de voltar de viagem, mas que está a caminho assim que Tom diz que precisará de seus serviços. Para Miranda foi uma afronta, mas a verdade é que Bartholomew Damon, pai de Tom Damon, era o alfaiate de Hilbert desde que se mudou de Londres para a Irlanda. Tornaram-se amigos além dos tecidos, e no dia do funeral de Barthô, como era carinhosamente chamado por Hilbert, este entregou um cartão para

Tom e disse: Para o que precisar, seja o que for e quando for, conte comigo. Eles apertaram as mãos como sempre fizeram.

Tom sempre viu Hilbert na alfaiataria. O que ele não imaginava era que o destino o colocaria entre pai e filha. Mas a verdade é que não estava preocupado com isso, e sim em torno de como manter em sigilo um segredo que envolve outras pessoas, um segredo que envolve, além de pessoas, um lugar, e esse risco de descoberta não é bom. Não é um local clandestino, mas a maneira como sobrevive e seus investidores, sim. Apesar de terem uma vida comum, os donos do espaço não apreciariam uma visita judicial.

— Escolheu um bom advogado — ela o alfineta.

— O melhor — ele retruca e espera que ela dispare mais alguma coisa, porém está tentando encaixar as peças, sem sucesso.

Durante muitos minutos, dentro da sala de interrogatório houve mais silêncio do que conversa. Miranda o encara com certa fúria, pois sabe que mesmo sendo seu pai, ela teria que agir dentro da lei, e Tom a olhava como se tivesse triunfado diante de sua arrogância. Tom está usando o que tem a seu favor e isso pode não ser o bastante, ele tem algo a esconder não só de Miranda, algo que ninguém que não estivesse envolvido devia tomar conhecimento.

Quase uma hora depois, Hilbert entra na sala. Após os trâmites devidos, Tom segue para sua casa seguindo as orientações de seu advogado, e Miranda segue para sua sala, com mais dúvidas do que respostas sobre o caso. Ela deseja mais algumas horas de perguntas e repostas com Tom Damon.

7

Miranda arruma suas coisas e sai da delegacia sem nenhuma despedida, apenas segue, mas não em direção a sua casa, e sim para a casa de seu pai. Ela sabe que isso não é profissional, mas a discussão seria inevitável.

Assim que chega e estaciona o carro em uma das vagas da garagem, Kat, que havia passado alguns dias com ela, a recepciona; em seguida Ana, sua irmã recém-vítima das férias com seus pais, corre em sua direção e a abraça.

— Você tem que me prometer que nunca mais vai me deixar passar por isso! — Ana exclama, apavorada. Ela ficou por dias em algum meio de mato apreciando a natureza de maneira intensa, isso a deixou com raiva de alguns aspectos naturais. Sons de passarinho incessantes e cachoeiras não estão na lista de coisas que queira apreciar novamente.

— Não mesmo, vai passar pelo que passei, isso é uma regra na família Liam. — Miranda a beija e entra, atracada com ela em sua cintura e com Kat em seu colo.

Ela sobe o pequeno lance de degraus e encontra seus pais bebendo uma taça de vinho, pois o jantar está sendo posto. A casa de Hilbert e Renée é luxuosa, tem vários ambientes e possui obras de arte espalhadas por todos os cômodos, desde esculturas que Miranda nem imagina do que se tratam, até quadros de pintores renascentistas.

O piso é cinza, contrasta com as paredes brancas, os móveis são recém-comprados e toda a casa é movida à tecnologia, desde a lareira até os irrigadores do jardim lateral. Cortinas se abrem ao apertar um simples botão, o sistema de aquecimento é computadorizado, e a casa sempre está na temperatura certa.

— Me espanta que ainda saiba o endereço daqui — Renée arremessa contra Miranda, que revira os olhos e anda na direção da mãe, que veste um lindo casaco leve verde escuro sobre uma calça branca de tecido fino.

— Bom ver a senhora também. — Ela é cínica.

— A que devo a ilustre visita? Veio compensar a minha até sua delegacia hoje? — Hilbert, com quase sessenta anos, usa jeans escuro e suéter bege de alguma marca europeia.

— Pai, nunca pensei que fôssemos nos encarar, mas isso é trabalho, eu procuro um assassino. Quem o senhor defende não é problema meu, mas me espanta saber que o conhecia — sem prévia, Miranda não segura o discurso e parte para o que lhe interessa.

— Miranda, minha filha, conheço aquele jovem há muito tempo e seu pai era um amigo querido, vou fazer o meu trabalho como eu faria por qualquer um. Trabalhamos com duas escolhas, primeiro optamos pela lei e depois a justiça. Se dentro disso eu puder, antes de mais nada, provar toda e qualquer verdade, já estou satisfeito. — Hilbert é calmo e leva até a boca uma pequena dose de vinho tinto.

— Existem alguns detalhes que ele não soube apresentar — ela deixa uma insinuação no ar, e Hilbert, com quase quatro décadas de experiência, desaprova.

— Cabe a mim apresentar os detalhes, e nesse momento não estou em meu expediente. Quero que entenda que aqui, dentro da minha casa, estou falando com a minha filha e não com uma detetive. Quer falar sobre Tom Damon e suas suspeitas? Lamento, não será aqui e muito menos agora — ele fecha seu semblante, e Miranda, por mais audaciosa que seja, respeita o pai e sabe que ele está correto.

— Apenas fiquei surpresa por vocês se conhecerem. — Ela caminha até a poltrona diante da lareira e se senta. — Nunca imaginei, nunca soube.

— Vem comigo. — Hilbert a leva para o segundo patamar da casa, enquanto Renée preenche novamente seu copo e alimenta seu vício em vinhos portugueses.

Ele a leva até seu quarto, vai até o closet e o abre. São inúmeros ternos, todos com o mesmo cabide, a grande maioria é da Lello&Co, alfaiataria de Tom Damon.

— Veja, esse foi o último que fiz com ele, faz cinco meses. Você estava em Paris com seu ex-noivo, agradeço por ser ex — Hilbert confessa e leva mais um gole de vinho até sua boca.

— O senhor nunca gostou do Maurice, nunca entendi o porquê. — Miranda desliza os dedos sobre a peça feita em tecido cinza escuro, é bonito e muito bem feito. Tom Damon realmente sabe costurar, ela pensa.

— Nunca fiz questão de esconder que não aprovava seu relacionamento. — Ele bebe mais um pouco de vinho. — Não são apenas ternos, veja isso. — Ele abre uma gaveta com pelo menos dois centos de abotoaduras, todas são da Phill&Straus, são perfeitas.

—Tom Damon vende essas abotoaduras em sua alfaiataria, estive lá hoje, antes de ele ir para a delegacia — ela diz, pega uma abotoadura dourada com uma pequena pedra escura na extremidade do pequeno cilindro, e admira.

— Não, Miranda, ele não apenas vende, Tom Damon é quem desenha. Ele é o proprietário da Phill&Straus. Ele não repete peças, conhece profundamente o gosto de cada cliente e, acima de tudo, é um homem que honra a memória do pai. Não vou falar com você sobre o caso que o envolve atualmente, mas acho que deve saber de um que envolveu não só ele, mas seus pais, há muitos anos — Hilbert dispara, e Miranda devolve a caixa com a abotoadura para a gaveta. Eles caminham até a cama, onde Miranda senta, e seu pai se senta na poltrona em frente a ela.

Ela o encara como se não conhecesse o próprio pai. Talvez pelo tempo que demora em visitá-lo ou pelo período que ficaram sem se falar, pode ter se instalado entre eles uma espécie de abismo.

— Miranda, Tom Damon tinha um irmão, Raphael. Demorou anos para que Bartholomew me contasse como perdeu o filho. Barthô era um homem que passava mais tempo em silêncio, sorria sempre, mas seus olhos eram tristes. — Miranda percebe que seu pai fica comovido ao lembrar da história, e permanece em silêncio. — Raphael foi encontrado no Parque Estadual, espancado, e nunca ninguém foi preso, mas não foi apenas isso, ele também foi molestado e, como se não bastasse, o criminoso resolveu estrangulá-lo com o cadarço do seu próprio tênis.

Miranda ouve a história, e por mais que não possa envolver sentimentos em seu trabalho, ela se envolveu assim que descobriu sobre as abotoaduras de Tom Damon e agora sobre a sua perda, como se as informações que acabara de receber fossem somadas ao chá. Tudo se torna misterioso, intrigante e provocador.

— Pouco tempo depois, assim que saiu o laudo comprovando tudo que levou Raphael à morte, a mãe de Tom não suportou e, enquanto Tom e Barthô estavam na missa, ela cortou os pulsos e sangrou até morrer. Se mudaram, para onde ele está até hoje, uma semana depois da segunda tragédia. Tudo que Tom fez foi ficar ao lado do pai até o dia de sua morte. Bartholomew Damon morreu dormindo em uma manhã de quinta-feira e Tom Damon fez questão de vestir o pai pela última vez. — Miranda engole repetidas vezes, a fim de dissolver o nó que está em sua garganta, mas seus olhos brilham em função da lágrima.

— Minha filha, nem sempre as provas levam ao verdadeiro culpado. — Ele termina o vinho e olha para Miranda, que está muda e perplexa. — Como pai eu afirmo, coloque alma e emoção no que faz, em tudo, isso fará com que valha a pena.

Miranda, por mais que tenha presenciado casos de homicídios violentos e muito piores, nunca vai estar preparada para ouvir histórias como essa. Ela se lembra dos detalhes de Tom, desde seu rosto, corpo e postura, até sua casa, seus dedos e o chá.

— Por que você não tentou pegar esse caso assim que soube? — Miranda pergunta e olha para o pai, que apoia seus cotovelos em seus joelhos.

— Eu tentei, mas Barthô pediu e me fez prometer que nunca mexeria nesse caso. Disse que demorou muito para se acostumar com a dor e não queria ter que passar por tudo novamente. Eu o respeitei, nunca nem sequer pesquisei. Confesso que inúmeras vezes fui à sua alfaiataria para conversar e, mesmo sem precisar, acabava saindo de lá com algumas encomendas. — Miranda observa o pai sorrir ao falar do velho amigo.

— Pai, o senhor sabe que preciso seguir uma diretriz para que meu trabalho funcione, não quero que esse caso nos deixe em alguma situação estranha — Miranda confessa e olha para o pai, que sorri.

— Para ser honesto, estou gostando muito de tudo isso. Para começar, esse caso a trouxe até aqui depois de tantos meses. Se essa for a situação estranha que mencionou, espero que ela perdure. — Ele se levanta e a puxa para um abraço. — Filha, ter uma diretriz é importante, foi isso que me trouxe até aqui, mas eu nunca deixei que ela fosse mais importante do que a paixão pelo que faço.

— As emoções atrapalham, pessoas felizes tomam atitudes erradas e imprudentes — Miranda defende sua tese e espera ouvir do pai que ela tem razão.

— Sim, as emoções atrapalham, de certa forma, mas a ausência delas nos faz tomar atitudes injustas, esse é o maior erro que poderíamos cometer. — O pai a deixa sem saída e o abraço se afrouxa lentamente, até que ambos se soltam e se olham como há muito tempo não acontecia. Miranda havia substituído suas emoções por um coldre e um distintivo.

— Fica para o jantar? — Hilbert pergunta, e ela sorri, aceita o convite e permite que uma pequena porção de emoção a visite novamente.

A conversa se estende, o jantar acontece e a história de vida de Tom Damon não faz a digestão necessária. Ao contar para Miranda a história de Tom, sua intenção foi nobre, mas Hilbert havia, sem saber, dado munição o bastante para Miranda ir para a guerra.

Porque para Miranda tudo era assim, armamento, ataque e uma razão que ela tem plena consciência que a acompanha. Ela janta com seus pais, interage com Kat e Ana conta resumidamente o quão emocionante não foi a viagem com os pais.

Mas é inevitável, enquanto ela fatia o pedaço suculento de carne mal-passada, sua cabeça encaixa informações. São peças que não possuem nenhum vínculo, pelo menos não naquele momento.

Miranda tem por natureza ser quase intolerante, mas em sua busca pelo sucesso profissional, tem passado por cima do orgulho que tanto cultiva. O fato é que ela não solucionar um crime está completamente fora de cogitação.

A história do alfaiate ocupa uma parte de seu raciocínio. Sem perceber, por algumas vezes, o homem que sabe exatamente como servir um bom chá de lima da Pérsia com mel atravessa seus pensamentos como um andarilho sem rumo e, por mais que seu trabalho esteja em primeiro lugar, Miranda tem uma alma, Seja lá onde, ela tem uma.

Naquela noite, quando Miranda se joga na cama após um dia intenso, algo a incomoda, como se ela não devesse ficar ali, deitada. E, com um estalo em sua mente, ela se levanta.

Miranda troca de roupa e, como se fosse a manhã do dia seguinte, ela volta à delegacia. Vai até a sua sala, pega a pasta com todos os dados das vítimas e se senta diante do computador. Ela está disposta a gastar a munição que havia recebido.

Miranda usa um atributo para essa situação: instinto.

Ela digita seu login e senha e começa, segundo ela, a diversão.

Primeiro, analisou os casos:

Holtin Mellfrey, 44 anos, divorciado, sem filhos e sem antecedentes criminais. Formou-se na Universidade da Irlanda, fez pós no mesmo lugar e, antes de tudo isso, cursou segundo grau na Housben, colégio popular.

Tadeu Grunshim, 45 anos, solteiro, um filho, um registro de briga de rua aos vinte anos, sem faculdade, morava de aluguel na Dublin 9, começou o segundo grau na Boldwin e depois concluiu na Housben.

Solomon Pruen, 44 anos, casado, pai de três filhos, engenheiro agrônomo, sem antecedentes criminais, ensino médio na Patronal, mas os últimos seis meses foram na Housben.

Algo apita dentro das ideias de Miranda e, antes de partir para Abby Sheldon, ela investiga Raphael Damon.

Raphael Damon, óbito em 88, aos 17 anos, nenhuma passagem pela polícia, e coincidentemente estudava na Housben, morreu duas semanas antes do baile de formatura.

Mais do que depressa, Miranda joga no sistema os dados de Abby.

Abby Sheldon, 39 anos, sem passagens, solteira, sem filhos, gastos com cartão de crédito, estudou na Princenton em Londres e depois terminou em Carl Monet, escola particular, nenhuma ligação com os outros, aparentemente.

Ela não resiste e coloca os dados de Tom Damon no sistema.

Tom Damon, 33 anos, sem passagem, solteiro, sem filhos, segundo grau em Housben, fez curso de designer de jóias em Londres, possui conta no banco que Maurice trabalha.

Miranda busca mais informações, passa a noite puxando tudo o que pode e tenta, de alguma forma, montar um quebra-cabeça que possa ter começado em 88, com uma infração já prescrita, qualquer pista que possa ser a resposta para os crimes atuais.

Tom Damon, dentro de sua impecável maneira de conduzir a vida, poderia estar vingando a morte do irmão. Isso apita como um alerta dentro da cabeça de Miranda que não percebe o avançar das horas. Mas para isso, ele precisaria saber de alguma coisa. Miranda analisa o porquê ele demoraria tanto tempo para isso, tantos anos depois. Alguma coisa não condiz nessa hipótese. mas não existe uma ligação coerente entre eles e Tom.

— Isso é loucura! — ela exclama alto para si mesma. — Não posso achar que ele seja o culpado apenas por isso, seria injusto! Não trabalho com *achismos*.

São quase seis horas da manhã. e seus olhos estão jogando contra ela, insistindo em fechar. O sol chega um tempo depois, avisando que havia desperdiçado uma boa noite de sono, mas Tom Damon a desperta, fazendo-a montar um mapa de fatos, desde a morte de Raphael até Abby.

Ela cola na parede de sua sala as fotos e dados das vítimas, incluindo nesse quebra-cabeça uma foto de Tom e outra de Raphael. Ela quer entender, ligar os fatos, mas não existe nada prudente para que isso aconteça. Miranda caminha de um lado para o outro, analisa cada uma das vítimas, busca mais informações e tudo se torna repetitivo. Em alguns momentos se torna incoerente, uma coisa pode não estar ligada a outra.

Ela revira o passado de Tom, analisa seus gastos, vasculha tudo o que está em seu nome e tudo que está relacionado a Thomaz Damon é limpo, assim como sua casa. Nada o condena, nada deixa dúvidas e é aí que o alerta de Miranda apita novamente.

Tom Damon possui uma vida perfeita, sem trincas, nada o desabona, e isso é mais do que suspeito.

Se passaram oito dias desde o encontro com Tom Damon até seu novo depoimento. Miranda precisou encarar uma sessão com o homem de tecidos e chá junto com seu pai. Havia um duelo ocular por inúmeras vezes, um desafio incansável entre eles e a total falta de discrição de Tom ao olhar para Miranda.

Ele analisa sua camisa lilás, os botões em madrepérola, que tinha uma pequena mancha de café sobre o seio esquerdo, pois ela havia derrubado assim que Tom entrou na sala de interrogatório.

Miranda está com os cabelos soltos, caídos sobre os ombros, e apelou para os analgésicos contra sua dor de cabeça mais vezes do que planejou. Ela também não planejou sentir o entusiasmo que sentiu ao tocar levemente a mão de Tom quando a caneta caiu entre eles na sala, e tudo ficou ainda pior quando o olhar de Tom foi submetido ao dela, que tudo dizia, mas que para ele era frustrante, pois ainda estavam de roupa.

O segredo que ambos escondem, ou pelo menos tentam, é que durante esses oito dias houve um desejo mútuo, e Tom não é um homem que passa por vontade alguma, se ele deseja... ele tem. Nesses dias, houve mais do que espera, houve o ceder de ambas as partes.

No dia seguinte ao primeiro depoimento, Miranda esteve na frente da casa de Tom, sozinha, e era muito cedo. Ela o viu saindo para sua corrida. Ele estava de calça de moletom branca e um blusão azul escuro, estava frio, e ele apelou para um gorro da mesma cor que a blusa. Ela ficou ali, a sete casas de distância, e esperou.

Vinte e quatro minutos depois, o celular de Miranda tocou e ela precisou abandonar o posto de vigia de Tom. Acabou indo embora sem poder olhar para ele. Tom estava sentado em uma pequena escadaria, quatro casas antes do carro de Miranda. Ele fez isso propositalmente, pois, assim como ela, ele também a vigiava.

Como uma espécie de vingança, Tom esteve na frente da casa de Miranda na noite do outro dia e viu o momento em que ela entrou com o carro na garagem, depois em sua casa, e foi em direção ao banho, que, pelas contas de Tom, durou quase vinte minutos.

Mas a diferença entre os dois é que Tom não precisa manter uma postura devidamente adequada diante dela, e isso o levou à frente de sua porta e o fez apertar a campainha.

Minutos depois, assim que Deniesse chamou por Miranda, ela surgiu, com roupas mais simples, uma calça colada em seu corpo e um camisão de flanela. Uma toalha estava em seus cabelos e ela cheirava a banho recém-tomado.

Quando ela colocou seus olhos sobre Tom, houve uma brutalidade no silêncio, porque ele foi imposto e, então, Tom arriscou um passo em direção à porta. Miranda puxou um golpe longo de ar e quase pronunciou a palavra *merda*.

— Se quisesse mais um pouco de chá, deveria ter apertado a campainha — ele disse, olhando para os olhos dela, e em seguida desceu até o colo de Miranda, retirando um fio de cabelo que estava enroscado na gola da camisa. — Da próxima vez que ficar postada em frente à minha casa, entre e me espere na sala — falou e, pouco antes de sair de perto de Miranda, aproximou um pouco mais o rosto, sentindo o cheiro do sabonete, deixando a respiração de Miranda mais intensa.

Ele desceu os dois degraus em direção à rua e escutou seu nome.

— Não tenho chá, mas posso lhe oferecer um café. — Miranda sente o mesmo desejo que Tom, mas parte de seu instinto dizia que seria uma ótima oportunidade para saber mais sobre ele.

— Não bebo café, Srtª Liam — ele disse sem se virar, apenas olhando por cima de seu ombro esquerdo.

— Veio até aqui apenas para jogar contra mim que me viu ontem pela manhã? — Miranda provocou e, antes que pudesse esperar pela resposta, Tom caminhou bruscamente em sua direção e parou a apenas um palmo longe de seu rosto.

— Não, vim até aqui para lhe dizer que estava muito tensa ontem à noite, quando saiu da delegacia, e que nessa manhã deveria ter mais cuidado ao cruzar uma rua movimentada enquanto fala ao celular. — A respiração de Tom bate no rosto de Miranda, que se sente encurralada.

— Está me perseguindo, Sr. Damon? — Ela tentou fechar o rosto com seriedade, mas no fundo se sentiu desejada por ele, porque ele não disfarçava o quanto a almejava de forma quase predatória.

— Não, de novo, não. Estou apenas lhe mostrando como é que se faz, como deveria estar à espreita de alguém sem que essa pessoa perceba. Tenha uma boa noite, Srtª Liam — ele falou e saiu de perto dela, mas antes de alcançar a rua, sentiu seu cotovelo sendo pressionado.

— Por que não me diz o que quer? Fale, olhe para mim e esqueça esse joguinho de homem misterioso. — Ela metralhou os olhos de Tom, que suspendeu o canto da boca, formando o início de um sorriso.

— Por que você não me fala o que quer ouvir? — Tom a levou de volta para a porta, pressionando seu corpo contra o batente. — Me diz o que quer saber, como gostaria que eu agisse com você, porque quer você queira ou não, eu já imaginei diversas formas de arrancar a sua roupa. — Tom a deixou sem saída e, diante do silêncio dela, ele voltou para sua casa, deixando-a com vontade de ouvir tudo o que ele não disse.

O aviso de uma mensagem desperta Miranda, que analisa os fatos.

Não há provas contra ele, apenas indícios que ligam seu nome e existe uma linha que passa ao lado de Tom, mas não o prende a nenhum dos fatos. Porém, Miranda sente que ele está escondendo alguma coisa e que essa coisa pode ser a resposta para quatro homicídios ainda sem solução.

— Meu cliente e eu aguardaremos contato. — Hilbert trata Miranda como se ela não fosse a garotinha que andava em seus ombros. Ali era a detetive Miranda Liam, que tatuou no tornozelo a palavra liberdade em Latim quando ainda tinha quinze anos, e que agora leva seu trabalho como única função de sua vida.

— Até logo, Sr. Liam. — Ela aperta a mão do pai. — Sr. Damon. — Estica a mão em direção a Tom e se arrepende por não ter passado um hidratante mais potente contra suor. A mão dele é macia e ela o imagina esticando o tecido sobre a mesa e deslizando a lâmina da tesoura.

Pensamentos não apropriados fazem com que o aperto de mão dure alguns segundos a mais. Ela sente como se estivesse novamente sendo pressionada contra o batente da porta.

Tom sai da sala atendendo o celular e sem dizer uma única palavra para Miranda, mas respondendo animadamente para Einor, que o convida para ir até o Temple Bar. Ele conseguiu convencer a esposa a troco de um bom gasto no cartão de crédito, mas o alvará durará apenas algumas horas, e esse é o tipo de preocupação que não atinge Tom; ele é livre, pelo menos nessa questão.

Miranda volta para sua sala e tenta separar em categorias tudo sobre Tom: tecidos, chá e mistério. É óbvio que ele esconde alguma coisa e ela vai descobrir, pelo menos esse é o plano.

O celular de Miranda toca e o número aparece como restrito.

— Alô? — Ela franze a testa e espera pela resposta, enquanto isso, olha as fotos dos corpos, tentando encontrar algo que tenha passado despercebido.

— Miranda? — uma voz feminina e familiar a chama, um aviso em seu cérebro dispara, é uma voz conhecida. Automaticamente ela sabe de quem se trata.

— Violet!

— Miranda, sua bruxa! — Miranda abre um sorriso como há muito tempo não abria. Sua melhor amiga está ao telefone. — Espero que esteja trabalhando na mesma espelunca de delegacia.

— Precisa de uma cela, sua idiota? — Miranda zomba, feliz. Violet está há três meses em Nova York, estudando e desfrutando do que a vida tem de melhor.

— Ainda não, mas será que pode levantar essa bunda gorda e cheia de celulite, e vir até aqui para me receber? Estou de volta! — Miranda se levanta e vai a passos rápidos até a recepção da delegacia.

Ela vê a amiga alta, cheia de curvas e com os cabelos bem mais claros. Violet está diferente, o efeito do *fast food* nova-iorquino fez um trabalho rápido em seu quadril. Ela tem olhos verdes e se veste para a noite, mesmo não sendo.

— Vio! — Miranda abraça a amiga.

— Lia! Me explica como pode enviar seus quilos a mais para o meu corpo mesmo estando longe? — Violet brinca.

— Te explico com uma rodada de cerveja, o que me diz? — Miranda pergunta, animada, e nem parece ser a detetive em busca de soluções que atravessa madrugadas encarando corpos frios em retratos que não dizem mais nada.

Miranda não percebeu a partida da amiga para Nova York. Ainda está sob o efeito mágico do relacionamento com Maurice. Ela foi se dar conta de que estava sozinha quando ligou para Violet e não foi atendida.

— Perfeito, vamos ao Pogues? — Vio sugere.

— Sim, vou pegar minha bolsa e já volto. — Miranda retorna sorrindo, como se Violet fosse o acalento que ela precisava.

Quando Miranda terminou seu relacionamento com Maurice, Vio não estava lá e, por mais que ela tenha se enfiado de cabeça dentro da delegacia e mergulhado em todos os casos como se fossem os últimos, Miranda precisava conversar e usar menos analgésicos.

Quando saem da delegacia, as pequenas piadas sobre ambas as fazem esquecer, por alguns instantes, quem elas são na verdade: de um lado, uma audaciosa detetive com alguns problemas, e do outro, a maluca por fotografia que havia sido abandonada pelo ex-marido por conta de uma garçonete.

Assim como elas, Tom também está a caminho de um bar com seu amigo, a duas quadras de distância.

— Agora me conta! — Vio ordena assim que se apoiam no balcão do Pogues. — Como você pode terminar seu conto de fadas com aquele homem lindo e gostoso pra caralho? — Ela suspende a mão e pede suas cervejas.

— Vio, as coisas ficaram estranhas. Parecíamos dois amigos que diversas vezes nem assunto ou algo em comum tinham. Nos últimos tempos ele estava nervoso, agressivo com as palavras e nem me lembro de quando foi o último encontro romântico que tivemos antes de terminarmos — ela explica e toma uma generosa dose de cerveja.

— Resumindo, não trepava, não tinha tesão, não tinha papo, é isso? — Vio é direta, e Miranda é obrigada a concordar.

Maurice estava com problemas e não queria dividir com Miranda que, por diversas vezes, se achava um impecilho. Na verdade, ela esperava por um fim há muito tempo.

— Jade ajudou com tudo isso, ela sempre vai me odiar por eu ter entrado na família e depois por ter saído. — Ela bebe mais um pouco. — Maurice estava recebendo algumas ligações à noite e isso acabava com nossas tentativas de algo dar certo.

— Sempre o achei um gato, família rica e boa educação — Vio comenta, mas não se preocupa muito com o fim. Se Miranda não estava feliz, foi a melhor decisão.

— Maurice é uma boa pessoa, mas boas pessoas se transformam em más, eu sempre acreditei nisso. — Vio e ela bebem e espiam ao redor, analisando o Pogues.

— E você, Vio? O que fez na Big Apple? Além de trepar... — Miranda zomba e sabe que Vio aproveita o sexo de todas as formas, mas nunca entrou em detalhes sobre isso.

— Ah, isso eu fiz mesmo, e com gosto, mas também fiz dois cursos de fotografia e até ganhei uns trocados com isso e com alguns turistas. Você sabe que fotos em preto e branco são minha paixão, aprendi técnicas antigas que nem sabia que existiam. — Ela pede a segunda rodada antes mesmo da primeira acabar.

— Isso é muito bom, poderíamos ir ao Sayor na semana que vem. Os AllPapers vão tocar — Vio comenta sobre uma banda local que está fazendo sucesso nas redes sociais. O clipe no YouTube teve mais de um milhão de acessos em menos de uma semana.

— Tudo bem, acho que...

— Oras, a detetive politicamente correta se deu ao luxo de beber — Mark bafora um desaforo atrás de Miranda, e ela revira os olhos, tentando ignorá-lo. Ela sabe que ele pode provocá-la e que um insulto a mais o faria ter o que dizer para Greg.

— Posso me sentar aqui? — Antes mesmo que ela pudesse pensar em uma resposta baseada em palavrões, ele mesmo responde. — Claro que posso, o lugar está vago. — Miranda tem feito um esforço além do normal para ser justa com ele, mas essa não é a vontade real dela.

Por muitas noites ela quis colocar Mark como alvo nas aulas de tiro e usar uma escopeta ou uma Magnum com muita munição. Mark tem por Miranda um tipo de obsessão, tudo em extremos, ora é um grande e incompreensível amor, e por outra é ódio. Ele tem vontade de ir para cama com ela, mas também já imaginou como seria esbofetear sua cara.

Miranda joga algumas notas sobre o balcão, entre os copos de cerveja, e sai. Não quer problemas e Mark é sinônimo deles. Pelo visto, ele já passou em outros bares.

— Você se acha a rainha de tudo, Miranda Liam! — berra no meio da rua, assim que vai atrás dela. Miranda fecha os olhos e respira o mais fundo possível, mas não se esforça além do que pode para manter a calma.

As pessoas param e olham, dois bêbados apoiados na janela do bar zombam da cena e esperam que Miranda e Mark troquem farpas e, por que não, alguns tiros.

— Vamos — Miranda fala para Vio. A respiração dela é curta, sua face está vermelha e essa não é a primeira vez que Mark resolve segui-la. Da outra vez em que isso aconteceu, Mark quase apanhou de outros clientes do bar em que estavam, o que lhe salvou foi o distintivo.

— O quê? Quem é esse cretino? — Vio pergunta com um tom de voz mais alto.

— Nem pense em fazer um escândalo aqui, Vio. Ele é detetive e sua carreira de fotógrafa pode ir para os quintos dos infernos por conta disso — Miranda a alerta e começa a dar alguns passos na direção contrária. Vio a acompanha e Mark continua vociferando contra ela no meio da rua. Nesse momento, ela começa a compor seu relatório, pelo menos de cunho pessoal, ela não acha que seja prudente continuar ao lado de alguém com tantos problemas psicológicos.

Miranda não imagina que a poucos metros de onde Mark está mostrando quem ele realmente é, Tom e Einor estão em sua quarta rodada de cerveja. Muito já foi dito entre eles, mas são homens e assuntos como esporte, carros e mulheres são infinitos.

— Minha mulher decidiu que deveríamos ter um filho — Einor desabafa e Tom o olha, estranhando o assunto.

Ele nunca cogitou ter filhos, casar, namorar ou ter algo mais sério. Tom não tem problemas ou um trauma com mulheres, ele apenas gosta de um tipo de vida bem diferente. Ele ainda não consegue imaginar sua vida sem as fodas peculiares no Mitral, ou talvez lá tenha se tornado seu lugar no mundo quando ele precisa fugir da humanidade.

— E você, o que acha disso? — Tom pergunta e esfrega a palma da mão sobre a própria coxa.

— Não sei, para ser honesto nem sei se quero a vida que estou tendo. Kilmer é muito possessiva, ciumenta, e tudo isso está piorando. Bom, depois do casamento ela se mostrou ser alguém com quem eu não casaria. — Einor vira o que está em seu copo e Tom o observa com espanto.

— Desfaça o que te incomoda, mas tenha plena consciência de sua decisão — Tom o alerta. — Não viveria infeliz, não existe nesse mundo nada que me fizesse viver uma vida ruim.

— Já pedi o divórcio algumas vezes, ela ameaça se matar e faz um show com argumentos que não tenho como relutar — Einor tenta se justificar e Tom o olha com descaso.

— Acho que você não quer se separar. Gosta da ideia de retomar sua vida, mas não é isso que deseja. Se quisesse o teria feito, e se ela fosse pôr fim à própria vida, não ameaçaria, ela faria. Odeio ameaças. — Tom encara o amigo. Ele pode falar assim com Einor, são amigos.

— Você tem razão, fico correndo atrás do próprio rabo, essa é a verdade — Einor concorda — E você? Nenhuma mulher?

— Todas. — Tom sorri e mostra seus dentes brancos e alinhados — Mas casamento é sério demais, especialmente pra mim que aprecio o controle que tenho sobre tudo o que rodeia a minha vida. Ainda não pensei sobre isso e também não imagino com quem eu dividiria a minha vida, não estou preparado — ele diz, sorrindo, e se lembra de suas noites que acabam com seu estado físico. Essa lembrança o faz sorrir mais.

O corpo de Tom é treinado para o sexo, seja ele convencional ou radical; mesmo detestando o deslize de velas escaldantes sobre corpos nus, aprecia o prazer ao ponto de saber o quanto de dor é tolerável para isso. Ele já ofertou alguns golpes contra traseiros suculentos e já foi habilmente amordaçado enquanto duas frequentadoras do Mitral o devoravam. Ele já foi o caçador e gosta quando é caçado dessa forma também.

Tom olha ao redor e observa uma movimentação de pessoas na porta no Temple. Volta seu rosto para a bebida na mesa e espia a loira que o encara maliciosamente. Mas Tom não busca sexo essa noite, ele está bebendo com o amigo que tem prazo para ir embora.

— Deve ser briga de namorados — Einor aponta com o queixo para a rua, em direção à confusão que Mark está causando bem ali contra Miranda, mas volta seu rosto e continua a conversa.

— Normal, eles bebem e ganham super-poderes. — Tom pede mais uma cerveja para cada e Einor o lembra de que é a última, pois seu alvará está quase no fim. Einor sabe que, mesmo cumprindo o horário, sua querida e alucinada esposa vai infernizar sua vida por alguns dias.

Bem ali, em frente ao Temple, Mark segue Miranda, que decide parar e enfrentá-lo.

— O que você quer? Quer que eu te ofenda para você correr e contar para o Greg? Não vou te ajudar com isso. Sabe qual é o seu maldito problema, Mark? Você não tem competência nem para se foder sozinho. — Ela o encara com o cinismo temperado por ironia, que apenas ela sabe a receita e é ótima com isso.

— Você se acha a melhor, a rainha, mas quer saber a verdade? Você precisa mesmo é de uma foda bem dada. — Ele se aproxima, olhando diretamente para o centro de seus seios.

— E você está falando tudo isso como se tivesse algo a me oferecer... Não prometa o que não faz parte de sua alçada. — Miranda se vira e tenta caminhar, mas Mark a segura pelo braço e ele não deveria ter sido ousado.

— Você vai ter o que merece, um dia — ele a ameaça. — Estou em suas mãos por conta de um relatório e o que você faz é usar isso contra mim. — Miranda olha para o pescoço de Mark e vê um pequeno fio preso a uma fita adesiva.

— Escute, Mark, vá para sua casa. — Miranda sabe que ele está com uma escuta, ele pode tê-la seguido e está tentando forjar algo contra ela. — E da próxima vez, disfarce melhor a sua escuta. — Miranda puxa o fio e deixa sobre o ombro de Mark, que solta meia dúzia de palavras chulas contra ela.

Miranda tenta não falar nada que possa trazer mais problemas.

— Miranda, você é uma vadia. — Ela respira fundo e prende as palavras de alto calão para não piorar a situação.

— Você não pode pagar meu preço. Por que você não enfia a porra dessa escuta em algum lugar menos favorecido pela luz do sol? O que você quer? Que eu lhe ameace? Não vai ser hoje — Miranda fala com desprezo e isso não exige nenhum esforço de sua parte, ela é habilidosa em ser indiferente e arrogante. Vio quase vomita, por ela já teria enterrado a cabeça de Mark dentro da própria bunda.

Mark se aproxima ainda mais de Miranda e suspira.

— Não quero ser assim, mas você não me deixa escolha. — Ele a agarra com o intuito de beijá-la, e ela se livra dele.

— Mark, escute bem e se posicione de uma forma em que a escuta que está em você, sabe-se lá por qual motivo, grave bem o que vou dizer: nunca mais ouse se aproximar de mim, em nenhum sentido. O relatório é baseado em outras informações, vou tentar não colocar nada de ordem pessoal nele. — Miranda o empurra. — Eu disse que vou tentar, duvido que consiga.

— Você é a pior pessoa do mundo — ele diz com ódio e quase baba ao falar. Ele está visivelmente alterado, não é apenas bebida, Mark precisa ser afastado da corporação e Greg não está preocupado com isso.

— Eu sei, e posso lhe garantir que esse é um status de difícil alcance, então não estou disposta a dividir meu reinado com você — Miranda diz com uma dose desnecessária de sarcasmo e se afasta, caminhando para longe de tudo. Vio a segue.

Mark desiste da confusão, pelo menos por essa noite. Ele sai puxando o fio da escuta, caminhando sem destino e orientação para longe dos bares.

Tom e Einor saem do bar e, por questão de minutos, não veem absolutamente nada. Einor segue para a direita e Tom para a esquerda, onde fica seu próximo destino. Ele acaba de mudar de ideia e o segundo andar do Mitral parece ser uma boa escolha para essa noite.

Ele imagina que Ruby possa querer algo mais áspero e que ele pode lhe oferecer.

Vio e Miranda caminham apressadamente e trocam olhares pelo rabo do olho.

— Você deveria ter sacado a arma dessa coisa de couro e disparado mil vezes contra ele — Vio fala e anda ao lado de Miranda.

— Não cabem mil balas aqui, é uma automática de pequeno porte e essa decisão colocaria um ponto final em tudo que fiz até hoje. — Vio percebe que Miranda está fria, e isso é comum. Miranda é inabalável, destemida e tem por característica não ser atingida, pelo menos é isso que sua carcaça mostra.

— Um tirinho só, depois você poderia dizer que foi sem querer, tipo: "Ops, pegou no seu olho? Desculpe!" Miranda, fica longe desse cara, sei que você trabalha com ele, mas se livra dele — Vio mostra preocupação e Miranda sequer exterioriza algum tipo de emoção.

— Não é tão simples, se fosse já o teria feito. Na verdade, é a pior parte do meu dia. — Miranda respira fundo e alivia parte da tensão. — Tenho que lidar com a falta de caráter dele e com a falta de compatibilidade de Greg. — Elas entram no carro de Miranda e assim que dá a partida o som liga, está sintonizado em uma rádio local que fala sobre as notícias. Miranda quase não ouve música, mas tem algumas gravadas em seu pen-drive; Arctic Monkeys, I Wanna Be Yours, é a escolhida sem nenhum motivo em especial.

— Miranda, não acha que exige muito de si mesma? Não se dá o simples e delicioso direito de errar. Eu sei que sua carreira é importante, mas abriu mão de sua vida pessoal, talvez isso esteja lhe deixando assim... fria — Violet dispara e, sem imaginar, atinge os pulmões de Miranda, que evita se sentir intimidada ou triste, mas a verdade é que é exatamente assim que se sente. Não existe nessa santa Terra alguém que goste de ter dedos apontados o tempo todo na própria direção, a começar pelos próprios dedos, que exigem cada vez mais dela. Miranda se esforça para manter a porra da postura que, grande parte das vezes, expulsa pessoas de sua vida.

Quando terminou seu noivado, ela determinou ficar triste por duas noites e a verdade é que ela não ficou, sequer chorou ou se arrependeu. Foi como se absolutamente nada tivesse acontecido.

— Vio, nos conhecemos há quanto tempo? — Miranda pergunta e possivelmente esteja sem sua armadura de guerra, mas ela sempre está preparada para o combate.

— Desde o jardim da infância, não vou falar números, nunca fui boa em matemática. — Vio tenta quebrar o clima triste instalado sobre a carranca de Miranda.

— A vida inteira eu escuto que não sou fácil de lidar, que tenho temperamento forte, e quanto mais as pessoas alimentaram isso, pior eu fui ficando. Consigo ser boa em ser Miranda Liam, eu sei que sou insuportável. — Ela acelera e nega com a cabeça. — Agora ser a pior pessoa do mundo não estava em meus planos, não sei quanto tempo vou levar para ficar boa nisso. — Ela sorri de lado.

— Que você não é muito flexível em alguns aspectos eu tenho que concordar. Já brigamos muito e, na grande maioria, mesmo eu estando certa, você não voltava atrás, mas enfim, aprendi a te amar desse jeito. Se você fosse um doce que vomitasse arco-íris possivelmente eu não seria sua amiga. — Vio usa um tom de brincadeira e Miranda sorri. — Agora vamos a um lugar diferente — Vio ordena, e Miranda bate continência ironicamente.

— Posso saber para onde vamos? — Miranda pergunta.

— Para o melhor bar desta cidade! — Vio sorri e orienta o caminho de três quadras que Miranda terá que percorrer. — Esqueça o seu trabalho por algumas horas, isso é uma dica valiosa, estamos indo para um lugar que foge as regras.

Ela aumenta o volume e acelera. Um tom desafinado e irritante sai de Violet, que tenta acompanhar o refrão da música, Ain't it Fun; Paramore.

— Melhor parar — Miranda diz brincando e Violet canta mais alto:

Não é divertido?
Viver no mundo real
(Porque o mundo não orbita em torno de você)
Não é bom? Não é bom?
Estar sozinho

— Eu tenho plena consciência de que meus dotes vocais são únicos! — Ela brinca, se vangloriando do quanto é desafinada.

— Agradeço por ser única, não sei se suportaria mais alguém com esses dotes por perto — Miranda fala e gargalha, há muito tempo ela não ria assim, de verdade.

— Chegamos! — Violet exclama feliz, como se tivesse cinco anos diante em um parque de diversões. Tecnicamente é um parque de diversões... apropriado para a idade dela.

— Que lugar é esse? — Miranda olha para a pequena porta de madeira envernizada e com vidros coloridos. Um homem grande, forte e com cara de nenhum amigo cuida da porta. Um lugar cuja existência ela nunca ouvira falar.

— Café Mitral, não conhece? — Violet pergunta e descem do carro. A rua tem pouco movimento e pouca iluminação em frente ao local. Algumas pessoas se aproximam, falam alguma coisa, em seguida, o fortão abre a porta e uma garota de cabelos suspensos recepciona e conduz as pessoas.

— Posso saber desde quando você gosta de tomar café? — Miranda pergunta ironicamente e Violet retoca seu batom.

— O café servido no Mitral é um dos melhores. — Ela pisca, e Miranda está sem entender, mas confia em Violet, e ambas seguem em direção ao segurança emburrado.

— Átila, tudo bem? — Ela sabe o nome do segurança, conhece bem o lugar e já apreciou inúmeras vezes o café do Mitral. Na verdade, o segundo andar da casa é bem conhecido por ela.

— Violet, pensei que estivesse em sua "turnê" por Nova York. — O segurança, que a conhece bem, gesticula com os indicadores quando menciona a palavra turnê.

— Você sabe que eu sou desse lugar e, honestamente, Nova York não conseguiu me oferecer um Mitral como Dublin, aqui temos um bom café — ela diz sorrindo, e com tanta malícia, que Miranda quase não reconhece a amiga.

— E pelo visto essa noite trouxe alguém para conhecer o Mitral e provar o café — o segurança diz olhando para Miranda, e agora ele não parece ser tão carrancudo, ele é apenas sério.

— Não sei se ela vai querer café essa noite — Violet brinca e sorri para Miranda, a abraçando por cima dos ombros. — Como está hoje? — Violet pergunta e joga o queixo em direção ao Mitral.

— Podemos dizer que a água para o café já está no fogo. — O segurança pisca para ela e em seguida abre a porta para que as duas possam entrar.

Para Violet, Thate, que as recepcionou à porta, é um rosto familiar. Violet frequenta o Mitral desde que foi inaugurado. Mas para Miranda, o chão todo em desníveis e as escadas em caracol no canto de cada lado do salão é enigmático.

O ambiente lembra o cheiro suave de um bom café, mas não tem absolutamente ninguém aqui com uma xícara na mão. Todos estão com copos, e Miranda tenta deixar o lugar atraente dentro de sua mente, mas é tudo tão novo e fora dos padrões que ela conhece em relação aos cafés, que está quase convencida de que foi enganada pela amiga e que ali eles servem algo forte e que desperta, mas que não seria bem café.

— Ei, Violet, conheceu algum lugar tão bom em Nova York? — A recepcionista gira o indicador no ar. Miranda está perdida, seguindo ambas entre as mesas redondas. Cada mesa com seu próprio abajur pequeno, preto com a cúpula vermelha e alguns pingentes esvoaçantes.

— Conheci alguns lugares, mas senti falta do Mitral — ela aproxima o rosto da recepcionista e sussurra: — Thate, o Lord chegou? — Violet olha por todo o café à procura de alguém.

— Ainda não, mas ele vem. Posso providenciar outro jogo de amarras caso suba as escadas com ele? — Os olhos de Miranda abrem exponencialmente e ela não está entendendo muito bem a conversa, e muito menos quem é Lord.

— Claro — Violet responde, com um sorriso acompanhado das piores intenções desse mundo, enquanto se acomodam em uma mesa no canto do café com vista privilegiada.

Miranda observa cada detalhe, desde a cortina vermelha que desce em todas as paredes do teto até o chão, até o desalinho agradável de cada patamar e de como tudo é bem arrumado com a luz adequada.

Violet se anima ao olhar para a porta e ver que o Lord chegou, que vai matar a saudade dos meses que ficou longe dele. Mas ali não tem sentimento, tem apenas um tipo de tesão sem cura. Já tentaram levar adiante um relacionamento, mas sentiram falta das trepadas extracurriculares. Violet e Lord levam um tipo de amizade com uma paleta infinita de cores.

— Posso saber que lugar é esse? — Miranda pergunta e encara Violet, que sorri em direção ao Lord.

— O melhor lugar do mundo, e espero que a detetive não esteja aqui, porque eu convidei a minha amiga Miranda e não o seu distintivo — ela diz sem olhar para Miranda e espera que Lord a veja.

— Esse lugar não tem alvará de funcionamento? — Miranda pergunta, e a amiga vira o rosto com certo nojo da sua pergunta.

— Não, é clandestino, e o pessoal usa drogas aqui dentro — Violet provoca Miranda, e em seguida o garçom chega com dois copos finos, escuros, com canudos pretos.

— Uma cortesia do Lord — o rapaz magrinho diz baixo para Violet, e ela sorri. Lord sabia onde ela estava, foi a primeira pessoa que ele viu assim que entrou, é como se um sentisse a presença do outro.

— Um brinde à sua primeira noite no Mitral, que pode ser a única! — Violet brinda e Miranda também. — Vamos, beba, é Blue-eyes, à base de rum e suco de amora, o resto é segredo do bar, não falam nem sob tortura.

Miranda toca o copo de Violet e o leva até a boca. Blue-eyes foi elaborada com alguma fórmula para bagunçar alguns sentidos no primeiro gole. A bebida, mesmo em pouca quantidade, deixa a pessoa mais desinibida, pelo menos um pouco mais solta.

— Isso é muito bom. — Miranda bebe mais um gole e sorri mais abertamente para a amiga, que gosta do que vê. — Por que nunca me disse que frequenta esse lugar? — Miranda arrisca mais um pequeno gole e coloca o copo na mesa. A bebida faz efeito e suas pernas estão levemente mais soltas, seus ombros já não estão tão rígidos. Não seria prudente ela saber que todo o cardápio é elaborado com algum tipo de alucinógeno, mesmo que em quantidades mínimas.

— Quem frequenta o Mitral não comenta, aqui é um lugar reservado. As pessoas que estão aqui são quase as mesmas desde que foi inaugurado, e outra coisa, você por acaso viria com o seu noivo? Não consigo imaginar o Maurice aqui, ele deve ser do tipo: Licença, vou gozar. — Miranda ri de Violet, que não entende como a bebida fez um efeito tão rápido. Geralmente as risadas mais altas ficam para quase o fim da bebida.

— Eu gostei muito daqui — Miranda diz sorrindo e acompanhando o ritmo da música que quase não se ouve a letra. — Por que se chama Blue-eyes se é vermelha? — Miranda atinge o estado de querer compreender a bebida, mas a bebida não nasceu para isso e, quando foi elaborada por Lord, Blue-eyes era a versão líquida dos desejos dele, segundo seu discurso inaugural, que é a segunda mais cara da casa.

— Gostou do quê? Está na primeira dose, apenas sentou e está rindo. Mitral é além de copos e cadeiras, e essa noite eu imploro, deixe a Miranda insuportável que está em treinamento para se tornar a pior pessoa do mundo lá fora, também porque você me prejudicaria se bancasse a detetive aqui dentro — Violet diz e procura por Lord, que desapareceu de suas vistas novamente.

— Aqui está apenas a Miranda, não vou foder sua noite, pelo menos eu vou tentar. — Miranda leva o copo novamente até a boca, percorrendo o lugar com os olhos que estão mais cerrados. Ela observa um casal na mesa ao lado, que falam animadamente, mas não parecem namorados. Uma atendente se aproxima e fala algo no ouvido dele, que sorri. Em seguida assente com a cabeça, a mulher que está sentada com ele levanta e segue a atendente.

A mulher que acaba de levantar aceitou ser anfitriã do quarto número 7. Ela vai ter seus olhos vendados, vai beber duas doses de Rubra e oito minutos depois não vai mais pertencer ao próprio corpo. Estará nua, será ferozmente beijada por mulheres e tudo será assistido por dois homens, os mesmos dois homens de sempre, que mantêm suas identidades guardadas e pagam sempre em dinheiro.

Quando essa mulher recobrar a consciência, vai sentir o cansaço equivalente ao de uma maratona de muitos quilômetros e o seu sexo estará pulsando, isso será o máximo que ela vai se lembrar; que gozou incontáveis vezes e pediu por mais. Rubra exorcisa qualquer tipo de recato ou pudor, essa bebida quebra qualquer limite e é a mais cara da casa. Não é prudente bebê-la sem estar no segundo andar.

Por mais que Miranda queira, nunca vai entender, o Mitral é isso, é o impossível ao alcance de alguns sortudos. Miranda continua olhando, e Violet está falando algo sobre Lord e sobre como amarrar alguma coisa que Miranda não está nem um pouco preocupada.

A porta se abre novamente. Miranda olha para o próximo a entrar e sorri deliberadamente sob o efeito dos Olhos Azuis. Ela olha rapidamente para Violet, que comenta algo sobre o segundo andar e sobre os quartos. Miranda não entende nada, e então volta seu rosto em direção à porta. Seu coração dispara sem sentido, de repente, como um susto. Por mais que tente, ela não consegue, seus olhos estão no rosto de Tom Damon, que é recebido alegremente por Thate.

Miranda não evita Tom e, na sequência, Lord aparece e o cumprimenta com certa intimidade, como se fossem amigos. Parece que a bebida tem um efeito realmente rápido. Miranda observa Tom como se ele não fosse perceber, mas ele é Tom e já havia visto Miranda assim que pisou no Mitral, elas estão na mesa em frente à porta, no patamar mais alto.

— Violet — Miranda diz pausadamente.

— Sim? Credo, você viu um fantasma? — Violet se assusta ao olhar para Miranda de boca aberta, olhando para o balcão próximo à porta.

— O que acontece aqui no Mitral? — Miranda pergunta, e não tira os olhos de Tom, que evita olhar para ela, porque ele não entende como ela foi parar nesse lugar.

— Você não ouviu o que eu estava dizendo? Não vou repetir, se quiser, descubra sozinha — Violet resmunga meia dúzia de palavrões e beberica mais um gole de sua bebida.

— Violet, você conhece aquele homem? — ela pergunta e faz referência às roupas que Tom está usando para orientar Violet.

— Claro, é o Damon, também frequenta o Mitral desde que aquelas portas de madeira maciça foram abertas pela primeira vez. Está interessada? Posso apresentar você para ele? — Violet responde animada.

— Não precisa, eu o conheço. — Miranda passa de sorridente e animada para quase convulsionada.

— Não deixou esfriar o lugar de Maurice. Está certa e fez uma ótima escolha. Damon é especial, discreto, elegante e tem um perfume que tenho certeza que faz as mulheres ovularem. Eu só resisto a ele porque prefiro meu homem das cavernas. — Violet olha com tesão para Lord, que agora corresponde o olhar. Tom, que está com ele, sequer vira o rosto.

— Claro que não, é complicado. Ele está sendo investigado — Miranda diz, e quase que a bebida que está na boca de Violet explode para fora.

— Por quê? — Violet pergunta, e Miranda não pode e não vai falar, pelo menos por enquanto, não.

— Depois eu falo com você sobre isso. — Está estampado no rosto de Miranda o quanto ela fica desconfortável em estar ali, dividindo um espaço com Tom, fora do seu território.

— Tudo bem, mas acho melhor você ir até o jardim e tomar um ar. Vamos, eu te acompanho. — Miranda obedece e segue Violet para um jardim que fica no fundo do Mitral. O jardim tem algumas mesas e cadeiras de ferro, chão de tijolo aparente, pequenas arandelas iluminando o espaço, vasos com pequenas flores coloridas e duas pequenas árvores.

Violet olha para Miranda, e estranha o comportamento confuso da amiga, esperando que ela diga a primeira frase.

— Vio, Tom Damon está sendo investigado. Ele é um suspeito dos casos de homicídio que vem acontecendo, mas isso não é hora e nem lugar para esse assunto. — Miranda anda rapidamente em direção ao jardim e caminha de um lado para o outro, como se quisesse abrir um buraco no chão. — Por que nunca me disse sobre esse lugar ou que conhecia ele? — Miranda olha para o chão e em seguida para Vio, que está com as sobrancelhas suspensas em sinal de nenhum entendimento sobre o que Liam está dizendo.

— O seu trabalho não me interessa, mas Damon não mata pessoas. E outra coisa, eu não vou sair por aí falando sobre esse bar e quem o frequenta, você estava noiva e eu te juro que não acho legal você vir até aqui com alguém que planeja constituir uma família, é quase um sacrilégio. De um lado, o sagrado matrimônio, e do outro, uma amostra completa dos pecados capitais. E por que Damon mexe assim com você? — Violet diz com propriedade e pergunta na sequência. — Segundo algumas informantes, ele traz pessoas à vida, se é que me entende — Vio gargalha e avisa que vai buscar mais uma bebida e já volta.

Miranda anda de um lado para o outro e não se perdoa por ser tão absurdamente tola. Como uma pessoa que costura e faz chá pode abalar seu interior com tanta força? Mas ela sabe que é o mistério e a forma que ele fala que a deixa curiosa sobre o homem dos tecidos.

Ela vai mais para o fundo do jardim e observa um pequeno vaso de tulipas, são artificiais.

— Boa noite. — Um curto-circuito aconteceu no cérebro de Miranda, mas ela não se entrega tão facilmente. E, pelo fato de ter reconhecido a voz, conseguiu regenerar a porra do cérebro que havia pifado e elaborar uma frase.

— Boa noite, Sr. Damon. — Ela se vira e olha para dentro dos olhos dele, já se arrependendo por isso. Ele a encara com a coragem de um profissional e desce seus olhos, percorrendo a face, o pescoço, o colo e continua descendo. Sobe para seus olhos, de repente. Ele exala algo proibido e isso, mesmo ela sendo uma policial, instiga sua libido; tudo que é proibido se torna altamente apreciado.

— Espero que encontre o que veio procurar — ele diz, e ameça ir em direção ao bar.

— Não estou procurando nada — ela responde secamente, estilo Miranda Liam de ser, mas a verdade é que ela queria interromper a partida de Tom, mesmo que essa fosse rápida. Ele já a deixou outra vez assim, na porta de sua casa. Ela não se perdoou, e agora não vai deixar que aconteça novamente.

— Fico feliz em ouvir isso — ele responde e volta rapidamente na direção dela, ficando a um palmo de distância. — Geralmente as pessoas desavisadas acham que encontrarão uma xícara de café quente aqui, e na realidade café não é a especialidade da casa — ele diz, liberando um hálito doce em direção à Miranda, que não se abala, pelo menos não aparenta.

— Não gosto de café — ela mente, usando a resposta dele da noite em que a deixou plantada na porta de sua casa. Ele inclina suavemente o canto da boca, como se soubesse que está mentindo.

Tom leva seu indicador até bem próximo do seio de Miranda, retirando a mecha de cabelo que cobre fracassadamente a mancha de café que surgiu na presença dele, mais cedo, na delegacia. Miranda chega a sentir a intenção de Tom em colocar a ponta do indicador sobre seu seio. Ela deseja que ele a toque.

— Imagino que não goste mesmo. — Ele olha para a mancha e depois para a boca de Miranda. — Mas do que a detetive Miranda Liam gosta? Investiria meu tempo em descobrir isso. — Tom a provoca.

— Posso gostar de algo que sua limitação não seja habilmente capaz de oferecer. — Ela pisca um dos olhos, provocando em Tom uma reação energizante dentro de suas roupas, o fato de ser contrariado ou desafiado o deixa excitado.

— Investiria meu tempo em relação a isso também. — Ele anda em torno de Miranda e respira próximo de seus cabelos, arrepiando a pele dela e a deixando prestes a pedir por esse tempo.

— O que tem de especial nesse lugar? Ainda não vi nada de mais. — Ela muda de assunto, mentindo. Tudo é diferente do que já viu antes, e o parâmetro Miranda é raso, já que suas aventuras por bares secretos de Dublin eram nulas.

— Nada, é apenas um bar com alguns recursos — Tom é sucinto, e Violet chega de supetão. — Pelo visto você se enquadra no padrão de pessoas desavisadas. Já solicitou seu café? — ele zomba, percebendo a pequena irritação que consegue implantar no rosto de Miranda.

— Aqui está seu Blue-eyes. — Violet entrega a bebida para Miranda. — Ei, Damon, tudo bem? — Violet cumprimenta Tom com dois beijos no rosto, e Miranda não imaginava que odiaria Violet por dois segundos.

— Violet, como foi a temporada em Nova York? — Tom abre um sorriso, e Miranda o encara, o admira e pensa onde ele estava esse tempo todo que ela nunca o viu.

— Foi ótima, mas prefiro aqui. E você, tudo bem? — Ambos se olham e esquecem que Miranda está ali, parada e com um pouco de raiva por estar de lado.

— Estou muito bem. — Ele deixa aquele silêncio chato, que mostra que alguém deve sair da conversa e deixar o ambiente para duas pessoas, de preferência para duas pessoas que apreciam um bom duelo.

Violet olha de um para o outro e percebe algo mais naquele clima. Não era apenas a investigação de um crime que rondava o ar.

— Eu vou falar com Lord. — Violet caminha em direção ao bar e deixa os desafiantes a sós. Pode não ter sido uma boa ideia, já que as ideias de Tom estão muito longe de serem saudáveis.

— Se não há nada de especial, por que é secreto? — Miranda encara Tom.

— Porque quebramos regras...

— Quais regras?

— Todas... — Tom responde em um timbre baixo, e ela engole em seco.

— Me dê ao menos um exemplo para que eu possa achar aceitável um lugar ser tão discreto como esse — Miranda insiste, e os planos de Tom passam a ganhar força. O que ele quer fazer possivelmente não seria ali, mas ela implora por isso.

— Se eu te der um exemplo, por menor que seja, eu teria que lhe mostrar — ele mente, poderia simplesmente dizer que no segundo andar acontece todo tipo de sexo, que o Mitral é secreto porque funciona dia e noite e tem muitos casais que fazem troca ou ménage por ali. Mas ele quer deixá-la curiosa.

— Então me mostre.

— Não posso. — Ele sente sua calça mais justa em seu corpo.

— Por que não?

— Você pode usar isso contra mim. — Sorri. — Não posso porque eu levaria você lá pra cima e você saberia um pouco mais sobre mim, e essa facilidade eu não quero lhe proporcionar, me entende? — ele provoca, e ela avança um pequeno passo.

— Posso pedir que interditem o lugar — Miranda ameaça, e ele quase gargalha.

— Com qual acusação? Tudo aqui é regular. Agora pare de ser mimada e assuma que está curiosa para saber o que acontece aqui, não a detetive, mas a mulher — ele fala mais sério, obrigando Miranda a respirar fundo e não imaginar como seria ir para cama com ele. — Me pergunte como mulher, admita que adoraria saber se aqui você pode ser uma versão satisfeita da sua própria vida. — Ele a encara e está tão próximo que a respiração de um é sentida pelo outro.

— Está falando com uma autoridade. — Miranda gosta mesmo do distintivo, e ele sabe o que fazer com essa arrogância.

A verdade é que ela está bem zangada pelo fato do próprio pai ser advogado dele, é como se fossem dois contra uma, mas é uma fúria que passa e dá lugar aos desejos. Infelizmente, ela quer saber se ali pode ter uma nova versão de sua própria vida, uma versão com menos rigidez e pelo menos alguns orgasmos.

— E você está falando com o alfaiate. Neste lugar somos iguais, você não está aqui em nome da lei, está para se divertir, mas acho que não sabe como isso funciona — ele a desafia.

— Como funciona o quê? Esse café?

— Não, você não sabe como se divertir, pelo menos não aqui. — Ele volta dois passos. — Não deveria vir se não sabe realmente o que quer. Se aceitou um convite, deveria estar ciente do que poderia acontecer, mas acho que dentro de toda a sua rasa experiência com diversão, não imagina o que significa essa palavra neste lugar. — Tom está mais para desconfortavelmente preocupado do que incomodado com ela e, pelo visto, ela percebeu.

— Está querendo me dizer que aqui não é um lugar apropriado para mim? — Ela cruza os braços e sorri, como se dissesse: Sei me cuidar. Mas ali ninguém sabe ao certo como fazê-lo. Depois que estão no segundo andar, não há mais nada que possa ser feito.

— Escute, não sei ao certo qual é o lugar apropriado para você, mas aqui não é, eu tenho certeza. — Ele olha com preocupação, querendo dizer: Vá embora! Mas ela não entende, a arrogância de Miranda a faz enxergar tudo como desafio.

— Posso determinar o que esse lugar é ou não para mim, e você, já que se mostrou tão preocupado, poderia fazer as honras da casa. — Ela não imagina que, dentro da cabeça de Tom, já está nua e sentada sobre ele, ofertando seu par de seios suculentos para que ele possa sugar.

— Não deveria me pedir isso — ele diz sério, quase clamando para que ela não insista, porque ele pode não resistir. Ela vira toda a bebida, o que não é muito inteligente de sua parte.

— Por quê? É tão ruim que tem medo? — Ela ativa o ímpeto de Tom, que não pensa duas vezes antes de se aproximar repentinamente de Miranda e a colocar encostada na parede.

— Não faça isso, está me obrigando a fazer aqui o que eu gostaria de fazer em um local mais apropriado. — O seu corpo está contra o de Miranda, que não tem reação, apenas sente que Tom está devidamente preparado para trepar com ela. É exatamente isso que ele faz; trepa, fode, depois desce as escadas do Mitral e volta para a sua casa, toma um banho no banheiro extra e nem se lembra direito do que aconteceu, porque ele não quer que tenha importância, já que nunca ninguém fez jus a isso.

— Obrigando? Não havia me passado pela cabeça, mas já que mencionou, sim, estou lhe obrigando, me mostre esse lugar e os riscos que estou correndo. — Ele tenta, mas não resiste. Suas bocas quase encostaram durante a discussão, tudo é confuso nessa mistura dos dois.

Tom olha, por alguns instantes, para Miranda e respira fundo.

— Isso pode ou não ser bom, mas agora eu não volto atrás. — Ele segura sua mão e vai em direção ao bar. Pede para Thate que não leve nada do habitual e que não seja incomodado de forma alguma.

— Está com medo? Acha que não sou crescida o suficiente para ser capaz de entender o que acontece por aqui? — Miranda consegue fazer com que Tom trave algo em sua garganta. Ele não quer parecer cruel, mas gostaria de ser.

— Não tenho medos e acho que você é grande o suficiente para entender e se recuperar depois de tudo o que vai acontecer. Estou apenas ganhando tempo, imaginando como vai ser remover sua roupa e te livrar de tudo o que está impedindo meu acesso ao seu corpo. — Ele se aproxima ainda mais dela, sussurra em seu ouvido quase encostando os lábios em seu pescoço: — Não me encare como se pudesse me desafiar e ter sucesso, porque nesse momento eu imagino meus dedos deslizando entre suas pernas, imagino você molhada e me engolindo. Então, minha linda e destemida detetive, eu não hesitaria em foder você aqui e acho que seria grata depois que terminasse. Não pense que você não pediria por mais.

— Acha que conseguiria assim... tão facilmente? — ela pergunta ainda com um pouco de rispidez, mas sabendo que já está molhada o suficiente para perder essa batalha contra ele.

— Fácil seria se tivesse ido sozinha em minha casa. Garanto que não seria chá que eu lhe serviria — ele murmura, e ela, mesmo resistindo, fecha os olhos, soltando um grunhido abafado.

— Você não pode falar essas coisas — ela o adverte.

— Eu gostaria de atendê-la, mas você está me obrigando a me comportar de uma maneira que não é o meu habitual. Pelo menos não na primeira vez. — Ele desliza sua face no rosto de Miranda, fazendo com que ela sinta a textura de sua pele. — Quer saber mesmo o que quero fazer com você? Eu te foderia com força aqui mesmo, nesse corredor, e a faria pedir por mais. — Ele a encara, e ela retruca da mesma forma.

— Geralmente não pedimos para repetir quando não nos agrada — ela o insulta, e ele está gostando do jogo. Em cada palavra malcriada, seu pau fica ainda mais duro.

— Você está me obrigando...

— Estou? — O olhar dela é de puro cinismo, deixando Tom no limite, e isso para ele é inconcebível.

Ele agarra o cotovelo dela e a traz para perto, para muito perto, e Miranda pode sentir o cheiro de seu corpo e o quanto o pau dele está duro.

— Não vai se arrepender, vai pedir por mais e, francamente, vou adorar ver isso.

— Fala como se fosse muito bom no que faz. Vou te ajudar, finja que sou uma frequentadora assídua desse lugar, faça comigo o que faria com elas

— Miranda sussurra no ouvido de Tom, que revira os olhos e tenta acalmar seu sexo, que já está furioso. — Você esteve na minha casa e se recusou a entrar, poderia pensar que lhe causo apreensão, ou posso pensar que você não daria conta do recado que está prometendo. — Ela pisca um dos olhos, e ele a encara, respira fundo e a leva, sem paciência, para o andar de cima. Ele está disposto a responder sobre isso na manhã seguinte, mas nesse momento precisa aliviar o tesão que explode dentro de suas calças.

Eles sobem as escadas e, se não estivesse tocando You're Nobody ''Till Somebody Loves You, em alto e bom som, seria possível ouvir a respiração de ambos. Um por ter planejado durante uma semana como seria ela nua, e o outro por ter se arrependido em desafiá-lo. As respirações ficam mais intensas e é palpável o desejo, como se a pele de um pedisse pela violência do outro.

Tom vai para o último quarto do corredor. Não é o seu quarto habitual, não tem nada além de uma cama King Size, um banheiro luxuoso e um frigobar. Bem diferente do quarto que ele usou semana passada, com tiras de couro, espelhos, vendas e adornos que causam certo tipo de dor. Na semana passada, tudo aconteceu entre ele e mais três mulheres, e Tom não imaginava que apenas uma lhe tiraria a tranquilidade uma semana depois.

Tom abre a porta e um cheiro doce, misturado com flores, invade o olfato de Miranda, que fecha os olhos por breves minutos. Tom vai até o banheiro, lava muito bem suas mãos e volta.

— É isso? Tem certeza? É isso que você tem para oferecer? Sexo? — ela pergunta, totalmente incrédula, e sente um solavanco. Tom a encosta na parede com força, e ela perde o ar. Só por alguns segundos, é exatamente esse o plano dele.

— Sim, nesse momento, é sexo; o meu tipo de sexo, mas se isso lhe deixa em alguma situação muito diferente do que está acostumada, eu posso lhe oferecer um chá! — Ele sobe as duas mãos de Miranda acima de sua cabeça, usando apenas uma das suas. Com a outra, começa a abrir a calça dela, para que ela entenda e se entregue ainda mais. Tom beija seu pescoço. A respiração já está pesada, ele mostra um controle que sabe estar a poucos passos de perder. — Não era isso que eu tinha em mente pra você. — Ele desce a mão para dentro de sua calcinha e, suavemente, com a ponta do indicador, mexe no ponto sensível do seu sexo.

Miranda geme e espera que Tom a beije, mas isso não vai acontecer, pelo menos não agora. Ele desliza de maneira circular sobre seu clitóris e sente o momento em que ela abre um pouco mais as pernas.

— O que você tinha em mente pra mim? — ela pergunta com um tom excitante de gemido.

— Exatamente isso, mas não aqui. — Ele continua, sentindo que ela está se entregando. — Mas você não me deixa escolhas. Entrou na minha casa, revirou meus dias com perguntas e, para piorar a situação, invadiu minha mente, me seguiu como se eu fosse um bandido prestes a cometer mais um crime. Ao mesmo tempo em que tive vontade de lhe dar uma boa sova, não conseguia parar de pensar como seria se eu me enterrasse bem fundo em você. Tudo isso seria mais fácil se não fosse tão gostosa, porque eu pensei em sua boceta essa semana, pensei nela em meu pau, nos meus dedos e, infinitamente, na minha boca. Então, agora eu quero, quero porque é isso que tenho pra oferecer e você vai aceitar.

— Quer tanto? Pensou tanto? Mas se recusou a entrar na minha casa. Duvido que esteja realmente querendo tanto... — Ele morde suavemente seu queixo e ela geme.

— Eu nunca entraria em um território desconhecido. Aqui estamos em um lugar neutro, peça o que quiser e eu vou fazer, porque foi exatamente isso que você me disse: Faça o que faria com elas... — Ele morde o lábio de Miranda com força, mas não a beija.

— Posso não gostar — ela provoca.

— Imagino que esteja odiando — ele sussurra em seu ouvido e sente na ponta de seus dedos o sexo de Miranda ficando cada vez mais molhado. — Quero não gostar também, mas não vou prometer isso. — Ele enfia um dedo, depois dois, e Miranda não resiste.

— Eu também quero. — Ela busca a boca dele, mas Tom nega.

— Sem beijos, o assunto aqui é sexo. Vou foder você e não vou beijá-la, isso não é uma negociação, é apenas um comunicado. — Ele se desvencilha e sai arrancando sua própria jaqueta, bem como a camiseta, e abre a calça. — A não ser que seja uma boa menina e trabalhe direito por aqui. — Ela caminha diante de seus olhos com total segurança dos seus atos, mas essa não é Miranda sendo sensual, é Miranda sob efeito de alucinógenos. Ela não sabe o quanto está requebrando seu quadril, o quanto está vulnerável, o que por um momento preocupa Tom. Poderia não ser ele ali, ele não iria para o Mitral essa noite.

— Você não acha que está sendo muito direto e inflexível? — Ela caminha, arrancando a blusa em direção a Tom, que olha para o par de seios perfeitos escondidos sob a renda lilás do seu sutiã.

— Você queria saber o que acontece aqui, estou lhe mostrando. Quem sabe nunca mais pise neste lugar? — Ela o encara e não esconde que está razoavelmente feliz com o que está acontecendo.

— Podemos parar e então tudo volta a ser como antes. — Miranda continua arrancando a roupa e olhando para ele. Ela sente o toque dos olhos de Tom em seu corpo, retira o sutiã e fica apenas com sua calcinha cavada.

— Não ouse falar isso. Por mais que pudéssemos parar agora, nada vai ser como antes. Você vem me assombrando desde sua visita, então não venha me dizer que tudo é simples de mudar ou esquecer. Antes não havia você e eu, então não me interessa. — Ele tira os sapatos e se livra da calça rapidamente. Sua cueca azul escura denuncia a ereção, e no instante seguinte, ela está à mostra. — Você foi na minha casa e se mostrou nua diante dos meus pensamentos, acha que me importei com sua arma ou distintivo? Foderia você de qualquer forma.

Tom tem curvas perfeitas e não pode reclamar do desenho simétrico de seu pau, muito menos do tamanho. Ele pega uma camisinha em sua jaqueta e a veste, rápido, experiente, e Miranda engole em seco de novo. Ela procura algum pensamento que a distraia, mas é impossível. Ela sente o corpo de Tom se aproximar.

— Não vamos precisar disso. — Ele retira a calcinha de Miranda, que tenta de novo beijá-lo enquanto se levanta, mas não consegue.

— Espero que não confunda meu trabalho com isso — Miranda alfineta, e Tom não pensa antes de colocá-la de novo contra a parede.

— Por acaso lhe ocorreu que sou um homem de fazer confusão? — Ele suspende as pernas de Miranda, colocando-as em torno de sua cintura, e enterra, macio e molhado para dentro dela, que não segura o gemido. — Foi o que imaginei. — Ele entra e sai, com força. Miranda sente o pau de Tom batendo no limite de seu útero. Sente que ele quer que, na manhã seguinte, quando ela olhar para o espelho, veja um sorriso de satisfação e sinta uma cólica involuntária. Miranda esquece, por breves segundos, quem é, e pula as regras de conduta. Ela está fodendo um suspeito em potencial.

Tom age como se fosse algo corriqueiro, que lhe acontece com frequência. A verdade é que sexo não é algo que ele possa reclamar, mas adoraria sentir a boca de Miranda em torno de seu pau. Ele a seguraria pelos cabelos e foderia sua língua.

Ele segura o pescoço dela com a palma da mão e Miranda sente um pequeno calafrio sexual. Ele é o único suspeito de uma série de estrangulamentos, e ela está ali, vulnerável nas mãos de um possível assassino.

Ele a leva para a cama e sai de dentro dela.

— Você é mais gostosa do que pensei — Tom diz, alegrando-a em mais um nível. — Ele a coloca apoiada em seus joelhos e nas palmas de sua mão, entrando novamente. — Deveria ter recusado o convite para conhecer o Mitral, Srtª Liam — Tom diz e segura seus cabelos, suspendendo-a enquanto entra com força.

— Ainda não estou arrependida — ela rebate, e isso excita Tom ainda mais. Algo tenta surgir dentro dela, mas Miranda sufoca, ela não quer, mesmo sentindo essa química e esse encaixe tão perfeito e excitante. Ela precisa nomear o que está acontecendo como primeira, única e última.

— Deveria, mas agora já é tarde. — Ele enterra de uma única vez e fica, remexe por dentro dela e Miranda sufoca na própria garganta um abafado *não*. — Agora vou foder você pela segunda vez e vai ser assim, aqui. — Ele apoia as mãos em cada lado do traseiro de Miranda, deixa um fio de saliva deslizar por entre os lados e então ele coloca um dedo suavemente em sua parte de trás.

Miranda pensa que há muito tempo não pratica sexo anal, e que isso pode ser mais dolorido do que imagina, mas sua prepotência não a deixa recuar. Ela respira fundo.

— Então, faça! — ela ordena, e isso remexe mais o pau de Tom, que ainda entra e sai. Ele passa a massageá-la com dois dedos.

Ele sai de Miranda e, com a outra mão, aproveita o sexo molhado dela e desliza por toda a parte íntima, posicionando seu pau na entrada de seu traseiro. Ele entra vagarosamente. Não é assim que faria com as outras, Tom simplesmente dispararia e foderia o cu delas e ponto. Não iria com calma, não se preocuparia com a dor alheia. Elas estão lá para isso, mas Miranda não, e isso limita sua ação.

Ele entra quase que por completo e acaricia o clitóris de Miranda, tentando deixá-la relaxada, mas ela já está, ela o quer, o provocou, e morreria caso pedisse para que ele parasse. Miranda é o tipo de mulher que morreria em nome do orgulho.

Ele apoia as mãos na cintura dela e entra e sai com calma, mas algo não está funcionando bem. Ele quer que ela goste, a quer de novo, porque gozar uma única vez não vai aliviar os dias que imaginou tudo isso.

— Puta merda! — ele murmura, reclamando da própria falta de controle, e então sente o corpo de Miranda livre em torno do seu. Ela está à vontade e ele goza. Mas não é o bastante, ele quer mais dela, quer gozar de novo e outras vezes.

Tom sai de Miranda, que se vira com a barriga para cima, respirando fundo. Ele percorre seu corpo e analisa seus seios perfeitos, médios e de bicos mais morenos, sua barriga agraciada com duas pintas perto do umbigo, sua pélvis bem-cuidada e com pelos aceitáveis e bem-alinhados. Miranda sente essa análise profunda e gosta, estar sob os olhos dele é quase tão excitante quanto estar com ele dentro dela.

Desde o instante em que se conheceram, e que o barrigudo de suspensórios deixou de existir para Miranda, o cara de corpo elegante e bem-definido passou a atormentá-la. Tudo ficou ainda mais intenso depois das revelações de seu pai, e por mais que ela tentasse negar, contou os dias para reencontrá-lo, apenas para confrontá-lo, apenas para saber se ele teria um álibi para as noites dos crimes.

O advogado de Tom apresentou documentos plausíveis, e o álibi dele não fora revelado em um primeiro momento, mas agora, sob os olhos de Tom, ela acredita que, na noite dos assassinatos, ele estaria naquele lugar, praticando outros pecados.

Miranda se ajeita sobre a cama, e desperta Tom da viagem que ele estava fazendo entre seus vincos e curvas. Sem perceber, age como normalmente não agiria. Tom havia se livrado do preservativo e agora veste outro, se aproxima devagar e se encaixa entre as pernas de Miranda, invadindo-a gentilmente. Ela observa essa mudança de reação e tudo fica mais agradável do que deveria.

— Se tornou caridoso, Sr. Damon? — Ela sorri. Miranda foi doce e ele não está esperando por isso. Ali é apenas sexo, sexo do jeito dele.

— Não faço caridade, Srtª Liam. Para ser honesto, o que pratico é o oposto disso. — Miranda percebe o traço discreto de um sorriso por detrás dos lábios de Tom. Ela geme porque o sente forte.

Ele começa um movimento de entrar e sair e ambos se flagram, se olham. Uma súplica por um único e miserável beijo acontece, mas o pedido não é ouvido. Tom olha com desejo para os lábios de Miranda, porque os lábios dela são cheios, robustos e parecem suculentos.

— Gostaria de beijar você — ela confessa e o encara.

— Não deveria querer. Apenas sexo, esse é o limite de nossa intimidade. — Ele mantém o movimento. Ela o abraça com as pernas, enquanto Tom se apoia em um único braço. Com a outra mão, acaricia seu seio.

Ele aproxima seu rosto e encosta sua testa na dela, descendo sua boca lentamente. Ela pode sentir o hálito de Tom, ela o quer, o deseja desde o momento em que ele misturou singelamente o mel no chá.

Miranda grita junto com seu orgasmo. Ela sabe que há anos não sentia isso, talvez nunca tenha sentido com essa intensidade. Por mais que queira resistir, Tom não consegue. Imaginou isso durante dias, e ela se apresentou mais gostosa do que sua imaginação. Ele a preenche e torna a fazê-lo repetidas vezes, colocando-a sobre ele, fazendo-a cavalgar, apertando com desejo seus seios. Quando parece não ter mais condição alguma de ser contido, ele goza, deixando seu pau pulsar dentro dela. Ele gostaria de ficar mais tempo ali, em outros dias e de preferência não naquela cama.

Ele a olha enquanto respiram fundo e juntos. De novo, Tom não resiste. Os lábios dele quase tocam a boca ávida de Miranda, então ele a beija, percorre a boca malcriada dela com sua língua. Ele não deveria gostar de beijá-la na proporção que está gostando. Tudo é confuso, mas a verdade é que ambos estavam esperando por isso, planejaram dentro do território seguro de suas camas, imaginaram um ao outro enquanto se masturbavam, enquanto estavam sozinhos, gozando em silêncio, dentro dos seus quartos.

Ele se levanta e encara o corpo de Miranda enquanto remove a camisinha com a mesma habilidade que colocou, sem nenhuma vergonha ou medo de fazer feio diante da detetive. Ele sabe que fez bonito, sempre faz.

Miranda adormece minutos depois. Ela está exausta, não pelo sexo que acabara de praticar, mas de carregar para cima e para baixo a armadura pesada que é ser ela. Está cansada, pois havia colocado em prática o que planejou todos esses dias.

— Pode deixar que eu a levo. — Miranda escuta e alguém a pega no colo. Ela desperta sem entender o que está acontecendo. Sua visão é turva, sua cabeça roda e o que ela sabe é que está sendo carregada por alguém que usa um perfume bom, com toque forte de Almíscar, e que esse cheiro lhe é familiar.

— Damon, ela está de carro — Violet fala, e Miranda abre os olhos vagarosamente. Observa o tórax de Tom e seu rosto está ali, apoiado.

Tom sai do bar com Miranda no colo e Violet abre a porta do banco traseiro para que ele possa acomodá-la.

— Eu cuido disso. — Tom apanha as chaves das mãos de Violet. — Lord está te esperando, aproveite sua noite. — Tom se aproxima de Violet e beija seu rosto. — Pode confiar em mim, eu vou cuidar dela — ele diz e entra no carro.

— Você vai para a sua casa? — Violet pergunta. Tom abaixa a cabeça e, com um singelo aceno, concorda.

— Deixe-a viva — Violet brinca, e Tom sorri. Miranda não consegue assimilar muita coisa, apenas o gosto do Blue-eyes em sua boca. Ela precisa entender o que está acontecendo, mas não consegue.

— Vou fazer o possível. — Ele acelera em direção à sua casa.

Tom não acredita que a mulher que tem lhe tirado o sono há uma semana está no banco de trás e em um grau alcoólico elevado. Duas doses de Blue-eyes para uma iniciante é um exagero, a bebida é forte até para quem está acostumado com ela.

Ele percorre as ruas por quase quarenta minutos e para em frente à sua casa. Desce, abre a porta e pega Miranda, que dorme profundamente. Ele a leva para dentro e a coloca sobre sua cama. Retira seus sapatos e a cobre.

Tom tranca o carro e a porta da casa, vai até o armário, pega um bloco e escreve um bilhete para Rosié, deslizando-o por baixo da porta:

> Ro,
> Tenho companhia pela manhã, seus serviços estão dispensados por hoje.
> Tom

Ele arranca a jaqueta e a pendura no cabide, retira a camiseta e a joga para lavar, arranca os sapatos e os guarda. O corpo de Tom está coberto apenas por seu jeans escuro e bem caído em seu quadril, mas em sua cabeça algo dança, joga algumas pontas tristes: o fato de Miranda pensar que ele possa ser um assassino.

Tom vai até a cozinha, alcança um copo e o enche com água. Pega duas aspirinas, coloca-as sobre um pequeno pires e deixa ambos ao lado de sua cama, sobre o criado-mudo. Ele conhece as consequências do Blue-Eyes.

Ele a olha e tenta não pensar no sexo molhado e envolvente de Miranda. Geralmente Tom não costuma trazer suas presas para casa, pelo menos não as do Mitral.

Ele desliga as luzes, deixa a porta encostada e vai para a sala de tv, no fim do corredor. Aperta o controle remoto e deixa no canal fechado de esportes, está assistindo a liga europeia de futebol, mas está sem som e o jogo é gravado. A televisão está ali apenas para distraí-lo de pensamentos que estão fugindo de seu controle. Ele deita de barriga para cima e apoia sua cabeça em seu braço, fechando os olhos. Tenta lembrar a última mulher que esteve ali, e essa mulher foi Abby Sheldon, que agora está morta.

9

Miranda acorda com uma conversa vinda de um ambiente próximo, mas não consegue identificar quantas pessoas estão ali. Sente o gosto amargo na boca, uma das recompensas por se entregar ao Blue-Eyes. A outra era tentar se lembrar de onde estava e como foi parar naquele quarto.

Ela se senta na cama e percebe que está vestida. Seus sapatos estão alinhados aos pés da cama. O quarto é grande, tem um banheiro e um closet que parecem ser maiores que o quarto em si. Ela alcança o copo com água e as duas aspirinas, sua cabeça dói.

Miranda sente seu corpo suado, mesmo estando frio. Ela vai até o banheiro e se vira como pode, mas sua blusa está cheirando a café, almíscar e fumaça. Certamente por conta dos fumantes do Mitral. Dá um jeito na cara inchada, no bafo de jaula e no cabelo. Agora ela parece menos aterrorizante, apesar de que Miranda com sono ainda é linda, só o humor que não ajuda muito.

Ela sai do quarto descalça, para não fazer barulho, e observa o corredor. Não tão longo, paredes de um cinza muito claro, tapete marfim e três arandelas de cada lado. Uma porta fica de frente com o corredor; no fim dele, outra do lado direito e duas do esquerdo, contando com o quarto em que ela está.

De frente à sua porta, um pequeno hall, dali ela observa a porta da cozinha e é para lá que ela vai. A conversa fica mais audível, e Miranda detecta quatro vozes, entre elas a de Tom. Ela vai até a cozinha, e percebe sobre a ilha ao centro o café da manhã posto. Tudo é branco, menos o tampão da ilha que é preto, como ônix.

Ela coloca café e corta um pão que parece ser de massa folheada e ervas. Miranda está com fome, e isso também é fruto do Blue-Eyes. Ninguém deveria virar um copo dessa bebida, por mais atordoada que estivesse por conta de um costureiro.

— Não acho que o Chelsea tenha feito um bom jogo — um dos homens diz.

— Poderiam ter feito um investimento maior e contratado o atacante que estavam negociando — outro homem responde.

— Em contrapartida, o Real Madri fez um jogo excelente e mereceu ir para a próxima fase — um terceiro homem fala. Miranda discorda, e em seus pensamentos o Benfica teve um melhor desempenho, mas não conseguiu ir para a final.

— Acho que o Benfica deveria ter ido pelo desempenho, fez uma excelente campanha, mas deixou o Chelsea dominar no segundo tempo — Tom dispara, e Miranda sorri pela pequena compatibilidade. — Gordon, em três semanas os jogos de ternos e abotoaduras estarão prontos. Ralph e Noan, vou fazer os ajustes e aviso assim que ficarem prontos.

Miranda mastiga seu pão com ervas e se atenta à conversa que vem da sala de Tom, ele se despede dos três homens e ela escuta os passos dele vindo em sua direção.

Tom acordou cedo, observou Miranda enquanto dormia e depois de um longo banho, se trocou e atendeu seus primeiros e únicos clientes do dia.

— Bom dia. — Tom a cumprimenta assim que entra na cozinha, não antes de dar uma bela olhada nos pés descalços de Miranda, que está de boca cheia.

— Bom dia — ela diz com pão pouco mastigado em sua boca. — Eu não me lembro do que aconteceu ontem, mas quero deixar claro... — Ela está ofegante, pois mastigou depressa e engoliu rápido. Ela sente seu colo do útero dolorido e não vai arriscar em falar nada, pode ser uma alucinação, a bebida pode tê-la deixado confusa.

— Não aconteceu nada de mais, você fez um strip sobre a mesa do bar, lhe pagaram com muita bebida e eu a trouxe embora. — Tom a interrompe, sorrindo, e Miranda acaba devolvendo o gesto. — Não sei como foi parar no Mitral... Bom, acho que sei, Violet deve ter lhe levado sem lhe contar o que acontece por lá, mas em uma próxima oportunidade, tente não virar de uma única vez o Blue-Eyes — ele a alerta.

— Não me lembro de muita coisa, me lembro da música e depois que estava no segundo andar, apenas isso. — Miranda bebe mais um pouco de café.

— Você não foi para o segundo andar, tenho certeza de que não foi. Também acredito que aquele não seja um lugar apropriado para você — Tom diz, e ela suspende os olhos em sua direção. Ele fala calmamente, olhando-a nos olhos, com as mãos espalmadas sobre a bancada. Ele não pisca ou desvia o olhar. Não, definitivamente ele não estava mentindo para ela.

Tom sabe o que ela está fazendo. Ela o encara para analisar até que ponto ele diz a verdade. Pode parecer uma coisa boba, porque, de verdade, ele odeia mentiras, mas por alguma razão ele se preocupa com ela. Não gostaria que ela fosse para o Mitral novamente, e agora tem um segredo sobre Miranda, ele já a viu gozar, já a sentiu.

— Posso saber o que faz daquele lugar inapropriado para mim e adequado para você? — ela retruca, e ele sorri.

— Se eu disser, vou ter que lhe matar. — Tom sorri e olha para a boca de Miranda, imaginando como seria gozar sobre aqueles lábios vermelhos e malcriados.

— Me fale sobre o Mitral e tente não me matar.

— Sinceramente? — Tom coloca um pouco de suco de laranja no copo.

— Claro! — Ela suspende as sobrancelhas.

— Não me leve a mal, mas o Mitral exige um sexo nada convencional. Se você gosta de sexo sem compromisso, chicotes, algemas e tudo que um sexo dark pode oferecer, lhe aconselho a ir às quinta-feiras; se prefere um ménage à tróis, terça-feira é o dia certo, mas o Mitral passa a ser um lugar para fuga. Caso não precise fugir de sua vida, não aconselho aquele lugar — ele diz calmamente, como se estivesse falando da Champions League.

— Você foge do quê, Tom Damon? — Miranda pergunta, e Tom a encara.

— De situações como essa que está acontecendo agora. Evito pessoas em um grau de proximidade elevado — ele responde, e sugere um pouco de tristeza. Miranda o acolhe em seus olhos e espera saber mais sobre ele.

— Não gosta de dividir seu café da manhã? — Ela brinca, e ele nega com a cabeça, sorrindo. Miranda desce os olhos rapidamente e observa suas roupas; calça jeans escura, camiseta branca e um sapato não tão formal. Seus cabelos estão bagunçados propositalmente e seus olhos são como a bebida da noite anterior, azuis, convidativos e entorpecentes.

— Eu não sei, nunca dividi um café da manhã com alguém. A fuga tem evitado isso — ele diz sério. Ela se levanta e vai em sua direção.

— Escute — Miranda respira fundo —, somos adultos para entender essa situação. Vou pegar meus sapatos e ir embora. Tudo o que aconteceu não deve ser acrescentado em minha vida profissional, espero que possa entender.

— Não aconteceu nada. A chave do seu carro está sobre o aparador — ele diz, e seus olhos não estão felizes. — Eu sei que estou sendo investigado, que sou suspeito e que seu trabalho é apurar os fatos.

— Isso, exatamente isso. Até que, para um costureiro, você é bem esperto. — Ela se veste de Miranda arrogante, tudo em nome de sua profissão e pelo medo de ser medida por uma dose exagerada de algum tipo de bebida que ela nunca mais vai experimentar.

Miranda está tão burramente cega por conta de seu distintivo que se esquece de agradecer a gentileza, nem se sente especial em ser a rara mulher em dividir o café da manhã com Tom Damon.

— Acha mesmo que eu esteja envolvido com esses crimes? — ele pergunta e se aproxima dela rapidamente.

— Não trabalho com achismos, trabalho com fatos. Agradeço pelo trabalho que teve comigo e peço que esse assunto, sobre ontem e sobre agora, esteja encerrado. — Ela tem mais medo de perder o distintivo do que sentir os sinais que seu estômago está dando.

— Fique tranquila, eu sou apenas um costureiro. Apesar de esperto, tenho péssima memória. — Ele usa um nível exagerado de sarcasmo, e ela sente.

— Sr. Damon, obrigada. — Ela vai para o quarto, pega seus sapatos e volta para a cozinha. Espia Tom mais uma vez, tentando se convencer de que realmente está indo embora. Sai em direção ao aparador para pegar as chaves.

Miranda para de repente e pensa que essa vibração que está acontecendo, e que piora quando ele se aproxima, pode ser evitada. Tem um caso para encerrar, e se envolver com o suspeito pode não ser algo bom. Mas não é assim que ela quer pensar e agir, ela quer o oposto disso, quer a fuga e quer, por um inferno e mil demônios, que a noite anterior realmente tenha acontecido. Tudo explode em desejo dentro dela e dele, tudo se torna corrosivo, químico e nada apropriado.

Algo a incomoda, porém ela não consegue distinguir o que é. Pode ter sido o fato de Tom tê-la ajudado, ou ter dormido em sua cama, ter um café da manhã lhe esperando, ou a pergunta que ele fez: Você acha que estou envolvido com esses crimes?

Ser Miranda Liam requer no mínimo ousadia, mas aguentar esse tormento, necessita de pelo menos o fôlego de algumas vidas.

Ela respira fundo e, em vez de ir embora e continuar com sua vida de polícia e bandido, ignorando o que está acontecendo entre eles, volta, soltando os sapatos e as chaves no chão. Ela corre para a cozinha e para, olha dentro dos olhos dele e deixa o instinto adolescente agir. Um instinto que sempre evitou, mas que parece não existir, talvez por conta do risco, do perigo... por ser tão proibido.

— Você ajudou a pior pessoa do mundo. Não sou nem de perto alguém que você deveria dividir o café da manhã, não poderia ter me deixado em sua cama. Estou investigando sua vida, não posso me envolver contigo como eu gostaria, e também não deveria pensar em você como tenho pensado; porque você é meu trabalho dentro do meu cérebro, e não pode tomar conta de outras partes de mim como tem feito — ela dispara de uma única vez, e ele a olha, ilegível.

— Você é a segunda pior pessoa do mundo. — Ele avança um passo em sua direção e deixa o copo sobre a ilha. — Eu não dividi o café da manhã, você o comeu sozinha, tomei apenas um pouco de suco de pé, sequer sentei ao seu lado. — Tom dá mais um passo e continua encarando Miranda, que está ofegante. — Eu não te deixei na minha cama, fugi de você e fui para a sala. — Mais um passo, e falta muito pouco para ambos se tocarem apropriadamente. — E estou feliz em ser alguma parte sua, isso devolve um pouco da minha dignidade, afinal, passei a última semana pensando em alguma maneira de me aproximar de você, não como suspeito, mas com algo que eu realmente sei fazer.

Tom se aproxima e encosta seu corpo ao de Miranda. Suspende seu rosto, colocando o indicador em seu queixo.

— Pensei em como seria te beijar... — Ele desliza seus lábios pelo alto da face de Miranda e encontra sua boca, os lábios robustos e vermelhos que massageiam os lábios ansiosos de Tom. Mas agora ambos estão conscientes, só que, para Miranda, essa é a primeira vez que acontece, o que aconteceu na noite anterior é o segredo sujo de Tom.

As línguas se envolvem em uma dança única, um encaixe singular, e tudo o que foi prometido entre o bandido e a mocinha escoa. Eles estão vulneráveis, ele pela natureza de nunca ter sido enfrentado, e ela por uma xícara de chá.

— Mas não vou atrapalhar sua vida, faça seu trabalho e, quando tudo estiver resolvido, você sabe onde me encontrar. — Tom dá um choque de realidade em Miranda, mesmo sendo contra a sua vontade. Ele não está ignorando a química que acontece entre eles, que desde o dia em que ele misturou tão sutilmente o mel no chá, foi propositalmente para atrair o olhar dela para suas mãos.

— Você quer que eu vá embora? — Miranda foge dos olhos dele por apenas um segundo. Ela não pode imaginar que está sendo rejeitada, mas não é o que está acontecendo.

— Não, eu quero que você fique, mas não como detetive. Termine seu trabalho e depois poderemos ver como vamos resolver tudo. Não se envolva com um costureiro que você ainda acredita que estrangula pessoas — ele zomba e beija a testa de Miranda. Ele a quer nua, trepando com ele novamente, mas antes de mais nada, ele não atrapalharia a vida dela, não mais. A última semana de Tom foi diferente das outras centenas de semanas que se passaram.

A ida ao Mitral na noite passada foi uma nova fuga para essa nova fase, para tudo o que ele tentou ignorar, mas Miranda não deixou, inconscientemente ela não deixou.

Algo mudou dentro de Tom ao ver Miranda em sua cama. Ali estava a mulher despida de sua arrogância e sua falta de tato simpático com as pessoas.

— Tudo bem — ela diz e sai, mas dessa vez não olha para trás. Tom observa os passos que a deixam mais longe dele, o que o deixa conscientemente mais triste.

10

Miranda olha, apressada, para os dois lados da rua e sabe que está atrasada. Ela deveria estar na delegacia há pelo menos duas horas, mas incrivelmente isso não a preocupa. Está aflita por ter tido um suposto sonho erótico, por ter sentido ser tão real, e tudo foi culpa da bebida, mas também foi culpa da ausência de sexo em sua vida. Ela sente seu corpo dolorido e lamenta que o fruto de sua imaginação lhe traga, nesse momento, apenas dor.

Ela entra no carro e sai, sem perceber que a poucos metros está Mark com seu celular, registrando o momento em que ela leva nas mãos seus sapatos, assim que deixa a casa do suspeito da onda de crimes que aconteceu.

Mark puxa o registro do rastreador do carro de Miranda e foi mais fácil do que podia imaginar, agora ele tinha armas contra ela.

Quando Miranda chega à delegacia, depois de ter passado rapidamente em sua casa e se livrado parcialmente do cheiro de Tom, ela recebe o recado de Rock: "Greg perguntou por você algumas vezes".

Enquanto Miranda encara a sessão arrogância de Greg, Tom, que não atenderia nenhum cliente essa tarde, se senta diante da televisão. Mas mesmo no canal de futebol, mais precisamente sobre o futebol europeu, ele pensa nos lábios dela com gosto de café. Tom odeia café, mas passa a ter tolerância sobre ele.

Tom é o tipo de homem que não oferece uma segunda chance para a atração, ou ela ocorre de primeira, ou nunca vai acontecer. Mas o que aconteceu entre ele e Miranda foi diferente, foram dois choques, foi mais conflitante do que atrativo, e foi exatamente o que resultou nessa situação; ele diante da televisão pensando nela e ela ouvindo os desaforos de Greg e pensando exaustivamente nele. Miranda se arrependeu de ter tomado o banho que tomou, pois gosta do perfume dele mais do que deveria e, pior, agora ela pensa nele como uma missão não cumprida.

Ele analisa as grosserias de Miranda como defesa, e elas passam de grosserias absurdas para aceitáveis. Tom não manipulou nenhum encontro e também não o faria, ele sabe que qualquer coisa nesse sentido poderia colocar em risco a investigação. Ele estaria ainda mais em evidência e, por mais que quisesse estar com ela em uma foda complexa e satisfatória, tem autocontrole e isso ficaria para um segundo plano.

— Ela poderia estar aqui — Tom diz em voz alta. — Eu sei os riscos. Ela entrou na minha casa, olhou dentro dos meus olhos e exigiu respostas que eu nem ao menos sabia as perguntas, mas ela as queria, e conseguiu uma semana depois. — Tom não estaria pensando tanto em uma mulher se ela não tivesse feito o que fez. Ela foi a mulher mais direta que ele conheceu e, além do mais, ele se sentiu atraído pelo distintivo.

Miranda ainda está sob o olhar insuportável de Greg e algumas cobranças sobre a investigação e o maldito relatório que ainda não havia entregado. Mas o relato está pronto há dois dias, ela só quer mais uma oportunidade para confirmar a falta de sanidade de Mark. Ela conseguiu, e o fato é que entregará o relatório de acordo com sua opinião profissional.

Mas a cabeça de Miranda está em Tom, no beijo e no café da manhã. Ela quer sair correndo e verificar o que aconteceria se não tivesse saído como saiu. Ela quer que o sexo tenha acontecido além da sua imaginação. Para ela, é algo que aconteceu por conta dos alucinógicos da bebida, e nem imagina que Tom gostaria de repetir esse sexo.

— Detetive, pelo visto, sua cabeça não está aqui. Se for para eu ditar regras para alguém que não está interessada em finalizar a própria obrigação, peço que volte para onde estão seus pesamentos nesse momento e venha trabalhar quando quiser encarar com responsabilidade o trabalho que se propôs a fazer — Greg protesta, e não imagina que isso serve mais como um sagrado conselho do que como abuso de poder. Em outros tempos Miranda não pensaria em mais nada, apenas na carreira, mas seu pai contribuiu para que a emoção entrasse em sua vida, e Tom passou a ser essa emoção.

— Não estou bem — ela confessa algo que não diria nem em um milhão de anos, ainda mais para um superior que sonha com o dia em que ela vai entregar seu distintivo, sua arma e se afastar daquela delegacia. Mas Miranda não imagina que Greg acumula tudo que possa prejudicá-la, isso inclui gravar as conversas dentro de sua sala e colocar Mark na espreita como um bicho peçonhento.

— Volte para sua casa e esteja aqui quando seu trabalho voltar a ser mais importante do que seus pequenos problemas. — Greg sorri por dentro. Pela primeira vez Miranda está perdida e sem respostas diretas contra ele. A verdade é que algo aconteceu dentro dela e, assim como o distintivo que ela carrega despertou algo em Tom, o suposto perigo que ele representa a deixa entusiasmada com ideias absurdas.

Miranda sai da sala de Greg e vai para a sua, pensando no que Tom poderia estar fazendo; se ele estaria pensando no beijo, como ela, ou se ao menos estaria pensando nela.

— Tudo bem com você? — Rock entra na sala de Miranda e olha para a detetive, que está com a testa apoiada em suas palmas. Ela está sentada em sua cadeira, usando a mesa como apoio.

— Rock, por favor, feche a porta e sente aqui — ela pede, e ele aceita. Rock já saiu muito com Miranda depois do trabalho, inclusive na época em que Mark estava afastado e Rock ainda enfrentava seus problemas pessoais, pois sua esposa havia abandonado a casa e sumido no mundo com um primo de segundo grau.

Miranda o ajudou a sair do fundo do poço, por isso era comum encontrá-los em um dos milhares de pubs irlandeses. Rock, Miranda e Violet, cada um com um tipo de inferno.

Rock a olha e sugere, com gestos, que não falem nada, apenas por escrito. Ela suspende seus olhos e encara o amigo. Miranda coloca um bloco de papel entre eles e duas canetas, é ela quem escreve primeiro.

— Rock, você me conhece, não sou mulher de ter dúvidas e muito menos de perder meu norte com facilidade. Para ser honesta, acho que nunca perdi, mas pela primeira vez, estou diante de uma confusão que posso prejudicar dois lados. — Rock sorri e chacoalha a cabeça, como se não tivesse entendido nada.

— Ainda bem que está sendo clara, é uma pena eu não conseguir assimilar absolutamente nada do que disse — Rock brinca com ironia e Miranda balança a cabeça em negativa.

— Posso estar atrapalhando a investigação. — Rock ainda não entende e deixa claro ao encarar Miranda.

— Poderia ser mais didática? Meu cérebro hoje não está sendo cordial. — Rock sorri para a amiga e tenta deixá-la mais à vontade.

— Estou envolvida, mesmo não querendo, mas eu amo meu trabalho e não posso deixar que esse envolvimento atrapalhe a investigação. Temos um assassino à solta e um suspeito. Vou pedir meu afastamento do caso e ficar longe dele também. — Rock estranha a postura de Miranda, mas de novo ela está colocando o trabalho em primeiro lugar. Mesmo que isso lhe custe descobrir mais sobre Tom, não como suspeito, mas como homem.

— Acho que precisa descansar, mas não se afaste do caso, os tubarões podem tomar conta e, quando você voltar, pode não conseguir mais nada. — Rock tentou falar com Miranda antes, mas seu celular estava sem bateria. Detalhes imprudentes que Miranda não permitiria em outros tempos.

— Você tem razão, acho que devo esquecer essa história e trabalhar. Chegou algum resultado da análise do corpo de Abby? — Miranda muda de assunto bruscamente, tentando disfarçar, mas não consegue. Rock sabe que ela está com a cabeça em outro lugar. Ela retira as folhas que rabiscaram, rasga em muitos pedaços e coloca dentro de sua bolsa. Miranda acredita que possa descobrir muito sobre uma pessoa olhando para o lixo dela.

— Ainda não, mas acredito que em dois ou três dias esteja tudo pronto — Rock diz, e atende o celular que toca em seu bolso. — Não quero falar com você. — Ele desliga e volta seu rosto para Miranda.

— Isandra? — Miranda pergunta se é a ex-mulher e não esconde o seu descontentamento.

— Sim, quer conversar, quer uma nova chance e eu quero que ela suma. Minha vida está melhor agora. — Rock sorri, e Miranda sabe que ele anda tendo conversas mais íntimas com Jhoenne, do setor de provas.

— Imagino que esteja bem melhor. Você está feliz? — Miranda pergunta, e ele apenas sorri.

— Sim, há muito tempo não fico tão bem ao me deitar em minha cama. — Ele pigarreia.

— Rock — Miranda respira fundo —, não permita que eu me perca dentro de tudo isso. Sei que você sabe do que estou falando.

— Eu imagino, vi como ficou ontem durante o interrogatório. Quase não a reconheci, peço apenas que tenha cuidado. O ideal é se afastar, pelo menos enquanto o culpado não estiver atrás das grades. — Rock puxa o bloco e escreve novamente, ele imagina a situação de Miranda. — Tenho apenas um pedido, posso? — Rock escreve, vira o bloco para ela e se levanta.

— Claro! — ela responde prontamente.

— Coloque seu celular para carregar. Imagino que sua noite tenha sido bem tumultuada, tentei falar com você hoje pela manhã e não consegui — ele faz um sinal. — Nos falamos longe daqui.

— Tudo bem — ela diz e nega com a cabeça. Miranda não teria esquecido o celular nunca, mas ela se apoia na bebida, no Mitral e em Tom para culpar seus lapsos em menos de vinte e quatro horas.

Rock se despede e sai. Miranda, com autorização de Greg, vai embora. Ela não se lembra da última vez em que saiu ao meio-dia da delegacia em uma sexta-feira. Mas a verdade é que ter um final de semana para colocar tudo em ordem, longe de bebidas, sejam elas chá ou algo que a tire de órbita, seria muito bom.

Miranda se despede e vai para a sua casa, mas ela é humana, e por mais incrível que possa parecer, tem suas fraquezas. A primeira é pensar nele, a segunda é pensar em tudo sobre ele e, por fim, ela pensa em estar com ele. Então a sugestão de Rock sobre tomar cuidado é colocada dentro de seu closet bagunçado e ela não pode culpar ninguém pela decisão que está tomando, afinal, pode morrer asfixiada; ou pelas mãos dele ou por tudo o que gostaria de dizer e não disse.

Ela dirige com o coração acelerado, está fugindo de seu padrão de comportamento. Tom está terminando seu banho, o almoço está pronto e a mesa posta para um só também. Miranda confere o perfume em seu pulso, olha para seu conjunto social de calça preta e camisa fina verde-água, olha para o retrovisor e tenta parecer mais atraente. Coisas desse tipo não a incomodavam, mas agora existe um homem, alguém que está deixando-a em uma situação de profunda irresponsabilidade com seu trabalho e com ela mesma.

"Diretriz é bom, mas a falta de emoção pode ser injusta" — seu pai fala em seu ouvido, e ela acelera ainda mais, porque nunca se sentiu tão curiosa a respeito de alguém, ou porque talvez seus relacionamentos se resumissem a um só, com Maurice, desde sempre.

Miranda sabe dos riscos, e talvez sejam eles que a estejam impulsionando a fazer isso. Para o carro na frente da casa de Tom Damon, suspeito de uma série de assassinatos e que, para Miranda, a essa altura, é apenas mais um adjetivo atraente; ela está atraída pelo perigo, e ele atraído pelos riscos em estar com ela.

Ela desce do veículo e anda apressadamente, segurando seu celular e a chave do carro na mão. Arruma o cabelo várias vezes. Ela não é a mesma Miranda de oito dias atrás. Para em frente a porta, aperta a campainha e espera. Tenta ouvir algo, passos, tesoura, qualquer coisa. Encosta a orelha na porta, até que ela se abre. Tom aparece de toalha preta em torno de sua cintura e uma outra enxugando seus cabelos.

Miranda engole em seco, olha desde os pés dele até os olhos azuis nada misericordiosos, mas antes de chegar até eles, ela analisa seu abdômen e redondezas. Ela está com problemas.

— É a Miranda que está aqui, sem distintivo, sem perguntas e nenhum tipo de resposta, quero apenas um pouco de chá e, se possível, outro beijo. — Ela está desarmada e totalmente exposta.

Ele coloca a toalha sobre o seu ombro direito, puxa-a para dentro de sua casa e bate a porta.

— Prefere o chá ou o beijo primeiro? — ele pergunta com um sorriso malicioso e destemido sobre a pobre presa, agora indefesa.

— O que você quiser, apenas me sirva. Tudo tem que valer a pena, estou correndo riscos. — Ela larga as coisas, que quicam no chão limpo, e ele a puxa para junto de seu corpo. Tom roça sua face no rosto de Miranda, como se precisasse sentir a textura de sua pele, e então desce os lábios, criando um caminho de sua bochecha até os lábios dela.

Miranda sente o toque suave da língua de Tom, e algo desfalece. Ela é macia, aveludada, vermelha e desejável em todo seu corpo. Tom mantém um braço em torno da cintura de Miranda, e a outra mão está apoiada na nuca dela, trazendo-a para mais perto. Ele não imagina o quão perto ela está, Miranda está quase dentro.

— Sou um problema para você. Estou no seu cérebro como algo para ser resolvido — Tom dispara e volta a beijá-la, mas não imagina que não é apenas o cérebro que tem trabalhado em prol dele.

— Sim, você é um problema, e estou arrumando outro por estar aqui, então ao menos faça valer a pena, porque eu não sei o que vai acontecer depois. Não sei como isso tudo foi acontecer, mas agora eu não consigo não pensar em como é bom estar nos seus braços. — Miranda está confusa e se perde dentro do próprio raciocínio. Tom aproveita seu momento de desorientação e a beija para piorar tudo e fazer com que se torne ainda mais inapropriado.

Beijando-a, conduz até a mesa perto de uma das máquinas de costura. É ali que ele corta os tecidos; ela é longa, larga e retangular, em tom escuro. Ele encosta Miranda e afasta suas bocas lentamente. Ela sufoca um gemido de protesto.

Ele abre cada um dos botões da camisa fina dela. Seu sutiã é quase da mesma cor do tecido que o cobre e contrasta perfeitamente com a cor de sua pele. Tom a admira em silêncio, e não está com pressa, ele conhece o corpo dela, não está ansioso por revê-la nua, está ansioso por senti-la novamente. Ele segura o botão com as pontas dos dedos e liberta mais um pedaço do corpo de Miranda.

Tom sabe o que está fazendo e faz de forma perfeita, sem tocar em seu corpo. O último botão se abre, e ele retira a camisa usando a palma de sua mão, que desliza sobre os ombros de Miranda, respirando fundo. Ele a beija suavemente e desce sua boca, beijando seu queixo, seu pescoço e entre seus seios, enquanto a mão abre a calça de Miranda e desce o zíper.

Tom a abraça, enfia a mão com facilidade entre o traseiro de Miranda e a calça já frouxa em seu corpo, repetindo o mesmo com a outra mão, obrigando-a a deslizar pelas pernas dela. Miranda vibra, está tranquila. Durante seu banho, eliminou pelos sobressalentes e escolheu um conjunto não vulgar de lingerie.

Ele se abaixa e retira seus sapatos, empurrando-os com os pés. Ela está apenas com poucos pedaços de renda verde-clara sobre seu corpo. Tom está em um trabalho de concentração e sua toalha não disfarça.

Tom a senta sobre a mesa e a deixa encaixada em seu quadril. Retoma o beijo, mas agora é mais intenso. Ele morde o lábio inferior de Miranda, que geme e puxa a sua toalha. Ele abre os fechos do sutiã e não o retira, mas passa sua mão entre o tecido e seu seio enrijecido. Os bicos firmes são massageados pelas pontas dos dedos de Tom, que percorre habilmente a boca de Miranda.

Miranda abre os olhos por dois míseros segundos e encontra os olhos de Tom sobre ela.

— Gosto da sua boca — ele diz, abafado pelo beijo que não cessa.

— Acho que ela gosta de você também — ela responde, dando uma risadinha, e então ele retira o sutiã. Essa tara de Tom sobre pele e tecido é mais forte do que ele, e tocar ambos ao mesmo tempo convulsiona seu pau, mexendo com um instinto mais excitado que quase perde o controle.

Ele a deita, deixando suas pernas soltas na beirada da mesa, e puxa sua calcinha para baixo, colocando-a sobre a mesa.

— Você é linda — ele diz, olhando para o sexo de Miranda.

— Isso no vocabulário masculino quer dizer gostosa — ela satiriza, e ele sorri, malicioso.

— No meu vocabulário são coisas distintas. Por exemplo, acho você linda, mas é uma pena, pois você não trabalha com achismos — ele satiriza ainda mais, ela sorri e se levanta.

— Vai interromper para me provocar?

Ele coloca as mãos sobre os seios de Miranda, em seguida os acomoda em sua boca; suga, circula com a língua e volta a sugar enquanto ela segura os cabelos dele, ordenando que fique onde está.

Ele a solta e vai até a primeira gaveta da estante de abotoaduras. Volta abrindo um papel laminado. Ele desenrola a camisinha em seu membro e, mesmo andando, ele é hábil e isso enfurece uma parte de Miranda.

Tom se aproxima e a deita novamente, beijando-a ao lado do umbigo, em sua virilha, sobre seus grandes lábios, e então desliza, suavemente, sua língua sobre eles. Ele faz isso uma, duas e, na terceira vez, sua língua atinge os pequenos lábios e o clitóris. O cérebro de Miranda para de funcionar em prol de qualquer coisa.

Ele dobra as pernas dela, apoiando-as na mesa e a deixando de fácil acesso para sua boca. Primeiro passeia com sua língua, em seguida contorna o clitóris com seus lábios e suavemente os suga, descendo a língua para sentir o sexo de Miranda molhado, excessivamente molhado.

Ele suga o clitóris com suavidade, e por vezes desliza a língua sobre ele, calmamente, sentindo o pulsar dela em sua boca. Continua sugando-a vagarosamente, desliza sua língua e enfia no sexo de Miranda, que grita. Tom mantém o ritmo de entrar e sair, e ela se desliga por completo de tudo ao seu redor.

Miranda geme e se contorce, vira a cabeça e olha os rolos de tecidos organizados, um cenário perfeito para suas fantasias alimentadas há uma semana. Ele para por um instante e puxa-a para mais perto da beirada, suspendendo-a. Ele roça o sexo dela com seu pau e em seguida entra, preenchendo-a. Gemem em um coral perfeito.

A primeira sequência é um movimento suave, o ir e vir que ambos se entregam, tornando tudo mais excitante. É erótico, é sensual, é pornográfico e é exatamente o que ela imaginou, mas não com tamanha eficiência.

Ele mantém o ritmo e a beija com força, sente-a no limite, enquanto ela pede por mais. Ele a leva, encaixada em seu corpo, até a poltrona ao lado da sala e se senta. Ela está sobre Tom enquanto ele movimenta seu quadril para cima e para baixo.

Tudo se torna explosivo, está mais sensível. Miranda fecha os olhos, começando a sua entrega, iniciando o delicioso caminho; ela está trabalhando em função de seu orgasmo e isso excita Tom, que olha para a bela morena de corpo com simetria perfeita, que sobe e desce, engolindo seu pau.

Ela acelera o ritmo, e Tom começa a enxergar o fim do percurso antes do esperado, mas ele precisa manter a calma. Ela está aproveitando o momento e, pelo entusiasmo, ele percebe que faz tempo que ela não faz sexo, e possivelmente mais tempo ainda que não tem um orgasmo. Pelo menos não consciente.

Tom a sente apertada ao seu redor. Ele massageia seus seios, e ela está de olhos fechados, aproveitando o momento, trabalhando a favor de seu corpo. Tom passa a gostar de vê-la assim, livre.

Tom sabe que vai presenciar um orgasmo, e essa é a parte que o homem mais gosta, ver uma mulher gozar.

Miranda continua e geme, triunfante, remexendo sobre Tom, gozando...

— Linda — ele diz, e ela busca fôlego. Apenas abre os olhos, em explosão, mostrando um rubor perfeito em sua face, excitando ainda mais Tom, que se levanta e a leva para seu quarto com Miranda encaixada em seu quadril. Ele não precisa de nenhuma posição mirabolante ou que desconjunte alguma coluna, precisa somente que ela o deixe atingir o mesmo ponto.

— Poderia ver isso mais vezes, o tempo todo. Poderia tirar férias e vê-la gozar assim, todos os dias. — Ele a deita na cama. Tom retoma o embalo de entrar e sair, aumentando o ritmo, aumentando a força e a beijando, porque beijar a boca de Miranda é erótico, é excitante.

Ele entra, fica e sai lentamente. Volta com mais força, fica e sai mais devagar, incansavelmente, até que chega o momento em que fecha os olhos e goza.

As respirações se confundem, são intensas e não se acalmam. Ele encosta a testa na dela e abre os olhos; Tom enxerga dentro dos pontos castanhos e solitários, se vê em um reflexo enigmático, como nunca se viu antes.

Ele se levanta, vai até o banheiro, dispensa a camisinha e volta. Tom olha para a cama e Miranda não está mais ali. Ele vai até seu closet, pega uma cueca e a veste rapidamente. Nesse momento, pensa que ela poderia ter ido embora, ou que foi tudo fruto de sua imaginação, mas ele escuta-a pegando as coisas no chão da sala.

— O que você está fazendo? — ele pergunta, e ela está abaixada, recolhendo a chave e o celular sem bateria.

— Estou arrumando a bagunça. Em apenas uma visita eu percebi que gosta de ordem e limpeza. — Ela se levanta com as coisas nas mãos e caminha nua, naturalmente. Talvez essa seja a imagem mais sexy que Tom presenciou em sua vida. Miranda caminha como se conhecesse o lugar, como se pertencesse a esse mundo de tecidos e abotoaduras.

— Fala como se eu fosse paranoico — ele retruca em tom de brincadeira. Ela coloca as coisas sobre a mesa e o encara, suspendendo uma sobrancelha:

— Você *é* paranoico! — ela diz com o olhar enquanto veste o sutiã e a calcinha.

— Prefiro sem... — Ele olha para as peças que Miranda acaba de vestir.

— Vou ficar mais à vontade com elas. — Miranda caminha na direção de Tom.

— E eu vou ficar melhor se você não usá-las. — Ele é direto e a puxa rápido para perto, beijando-a.

— Você vestiu uma peça, isso me dá o mesmo direito. — Ela está sorrindo mais nos últimos trinta minutos do que nos últimos três meses.

— Muito justo. — Ele abre os fechos do sutiã e o retira. — UMA peça. — Sorri e a beija novamente — Está com fome? — Tom a leva para cozinha.

— Não me diga que além de costureiro, é praticante da arte culinária? — Miranda se senta sobre a ilha, como se fizesse isso todos os dias. Graças à sua idade, já passou o tempo de se fazer de pobre menina inocente.

— Bom, o correto é alfaiate. Eu prefiro esse nome e, quanto a cozinhar, tenho uma proposta para lhe fazer. — Ele coloca sobre a ilha algumas panelas, pequenos potes com especiarias e três colheres, uma de pau.

— Faça sua proposta, Alfaiate! — Ela sorri, piscando um dos olhos. Miranda está feliz e se esqueceu de ser insuportável.

— Vou fazer nosso almoço. Se você gostar, fica para o jantar? — Ele apoia as mãos sobre a bancada. Miranda sorri e cruza as pernas, ficando diante de Tom como uma escultura erótica renascentista.

— Está me oferecendo comida para eu ficar? — Coloca uma mão de cada lado de suas pernas e balança o corpo para frente e para trás, fazendo um charme inapropriado para a idade, mas de extremo bom gosto para Tom.

— Em troca, você me oferece sua companhia — ele diz sério e, então, Miranda se dá conta do quanto ele é sozinho, o quanto as fugas para o Mitral podem alimentar essa solidão.

— Eu aceito. — Ela sorri. — Vamos ver o que pediremos por telefone assim que sua aventura com panelas terminar, vou dar minha opinião sincera. — Ele remexe nas panelas e as coloca na ordem certa em cada um dos fogareiros.

— Acha mesmo que não sei o que estou fazendo? — Tom abre a torneira da pia e lava suas mãos com um pouco de detergente, em seguida as enxuga com um guardanapo de pano xadrez azul e branco.

— Não trabalho com achismos, já te disse isso e não vou repetir. Estou disposta a arriscar a saúde do meu estômago e lhe dar o privilégio de minha opinião sobre sua comida. Enquanto isso, pode desfrutar da minha companhia — ela responde com ar zombeteiro, e Tom gargalha de sua afronta.

— Você é sempre assim? — Coloca alguns pedaços de carne dentro de uma panela. Miranda o observa descascar e em seguida cortar em rodelas as batatas e a cebola. Ele alterna as camadas, por ora batata e depois a cebola. Para cada camada tempera com um pouco de pimenta e sal, não muito, e depois coloca a mesma medida de água e acende o fogo.

— Não, só quando estou seminua na frente de um costureiro que prefere ser chamado de alfaiate e que se mete com panelas e comida. — Ela leva as mãos até os cabelos e os suspende até o alto de sua cabeça, fazendo um coque desajustado, com algumas mechas caindo sobre seus ombros.

— Fico feliz em saber isso, mas me conte, como foi parar no Mitral? — Tom deixa que Miranda saiba que ele não está perguntando com algum traço de alegria.

— Violet não me disse sobre o que se tratava, e até agora eu só sei o que me contou: um bar que oferece suítes para sexo. Não vejo nada de mais em tudo isso — Miranda responde, e Tom se aproxima, ficando de frente a ela, apoiado no balcão e cruzando os braços.

Miranda olha para o corpo dele, que mantém os olhos nos seus.

— Não tem nada de mais mesmo, por isso não acho que seja um lugar que você deva frequentar. Não tem nada para oferecer, apenas bebidas alucinógenas e sexo, a mistura dos dois pode causar alguns arrependimentos. — Ele coça o pescoço e nega com a cabeça.

— Por que está preocupado se vou frequentar aquele lugar ou não? Eu gostei e é possível que eu volte — Miranda zomba e, no fundo, sabe que não voltaria lá facilmente.

— Não estou preocupado, mas é apenas um lugar que não deveria ter um acesso tão fácil. Já vi casamentos acabarem por conta daquele lugar, homens e mulheres que decidiram viver em função de uma vida noturna. Sou sozinho, aquele lugar não altera a minha vida — ele se justifica e mantém seus olhos nela.

— Mas você conhece muito bem o lugar, me conte o que acontece por lá — ela pede, e ele quase nega, mas isso a deixaria ainda mais curiosa, e ele não quer ter que dividi-la com mais ninguém. Ele ainda não a fodeu o suficiente.

— Muitos vão apenas para beber, curtir a música e pronto. A loucura que a bebida oferece já está de bom tamanho, mas para outros, o segundo andar é uma extensão do bar, onde a loucura da bebida pode vir à tona e tudo vai ficar bem — ele sente desconforto ao falar, mas continua: — No segundo andar acontece o que normalmente as pessoas têm vontade de fazer, mas são incapazes fora daquele ambiente.

— Sadomasoquismo? Bondage? — Miranda pergunta, inocente.

— Isso se tornou comum e em pouco tempo haverá praticantes no meio da rua, sem qualquer pudor. Trata-se de tudo isso com mais o lado Dark, espancamento além da submissão, fezes, urina, desmaios e sexo brutal. Houve casos de mulheres e homens serem encontrados inconscientes. Isso já aconteceu há algum tempo e depois algumas regras foram impostas, mas o Mitral não nasceu para ter regras, e sim para ser um lugar sem limites.

— E você? Por que vai até lá? Não precisa disso, já se olhou no espelho? Você sabe que é bonito, atraente, tem boa conversa e espero que saiba cozinhar, porque estou com fome, não precisa ir até lá. — Miranda se preocupa com ele visitando o lugar depois de toda essa descrição.

— Tenho minhas razões. — Tom destampa a panela, olhando o volume de água. Para se fazer um bom Irish Stew, tem que perceber a água e, se for preciso, colocar mais.

— Quais são elas? — Miranda começa uma pequena inquisição. O fato de rolar um tipo de sexo desenfreado a deixa em dúvidas sobre o homem que acaba de trepar e que, agora, cozinha. Sem contar que ele é o principal suspeito de uma série de assassinatos, tecnicamente é inconcebível ela estar ali, mas para ela foi a melhor decisão. O sexo dele compensa o crime que ela está cometendo.

— Isso não é importante. — Ele coloca mais um pouco de água na panela e a tampa parcialmente.

— Claro que é, se eu tenho razões para não ir, você deveria fazer o mesmo — ela diz de forma autoritária, e ele sorri, negando com a cabeça e voltando para onde estava.

— Estou ciente das razões que não favorecem, mas tenho uma razão que me leva até lá. — Aproxima-se dela, sente vontade de beijá-la e o faz. — Escute, se quiser ir até lá, não tem problema, apenas ressaltei os pontos não agradáveis. — Ele sela a sua boca e volta a encostar no balcão.

— Vai para lá muitas vezes? — ela pergunta, curiosa, pela cabeça de Miranda passa o sexo que ele pratica por lá.

— Quando necessário — ele responde, sucinto, e isso a deixa ainda mais curiosa.

— Quando está triste? Quando precisa fugir?

— Não. Quando preciso de um tempo, gosto de ir até o farol — ela se assusta com a resposta. O farol é um lugar que ninguém frequenta, já foi palco de suicídios, e Stanley é o segurança que torna tudo ainda mais macabro.

Stanley está naquele farol há pelo menos quarenta anos e já perdeu as contas de quantas vezes encontrou Tom Damon com uma garrafa de vinho tinto no alto do farol. Uma escada estreita o contorna por dentro e leva até o topo. Lá tem dois pequenos bancos de madeira, foi Tom quem os levou há alguns anos; um banco para ele e o outro para sua garrafa.

— Até o farol? Eu ia muito lá quando namorava o... — Miranda interrompe a própria frase, e Tom inclina sua cabeça, esperando que ela prossiga.

— Lá é um bom lugar para namorar, mas não é um lugar que eu escolheria — Tom diz com desdém e volta a olhar a panela.

— Não? E qual seria o local que você escolheria para namorar? — Miranda se interessa pelo assunto e o cheiro começa a provocar seu estômago.

— Eu não sei, nunca precisei pensar nisso. Talvez, em um primeiro momento, poderia apenas não querer ir para lugar nenhum. Já passei da idade de lugares escondidos, tenho onde namorar e está em meu nome — Tom diz e abaixa o fogo, sempre voltando para perto de Miranda depois de olhar a panela. — Gosto do farol, algumas vezes é possível presenciar a aurora boreal. Eu já a vi e também acompanhei muitos casais passando dos limites por lá. Stanley e eu nos divertimos muitas noites com beijos enlouquecidos seguidos de discussões sem fim. — Tom se aproxima de Miranda e olha dentro dos olhos dela.

— Quem foi ele? — Tom pergunta. — Quem foi esse cara que te perdeu? — Tom está mais envolvido do que nunca, porque quando ele está com ela, deixa a figura sofrida do passado e passa a ter uma perspectiva feliz.

Nunca cozinhou para ninguém, e foi sua solidão que o ensinou a cozinhar tão bem. Desconhece o que está sentindo; é como um ímã, como se precisasse trepar com ela até que seu corpo a recusasse, mas ele desconfia que isso não vai acontecer.

— Maurice Nollan — ela responde, e ele a olha, buscando qual sentimento ela teria ao falar sobre o ex. Tom tinha sua vida sexual de forma nada religiosa, porque nunca houve uma Miranda em sua vida. Sentiu-se atraído por ela desde o primeiro instante em que a viu, ali foi sexo; pensou nela em diversas posições, depois a encarou no interrogatório e imaginou que gostasse de flores. Naquele mesmo dia, se encontraram de forma inusitada no Mitral, então ela precisou dele, e isso fez dele o mocinho da história. Ele nunca é o mocinho, nunca.

Mas até que ele parasse para pensar no nome e voltasse da imaginação sobre a moça de seios à mostra sobre sua ilha, o nome Maurice Nollan lhe voltou como uma remota lembrança de um passado que ele sabe que se revira. No entanto, não pensa muito, não quer que aquele momento seja destruído com algumas lembranças, mas o nome pulsa como pus em uma ferida infeccionada, e ele tenta disfarçar.

— Vou te confessar uma coisa, pensei que você fosse mais frio, mais seco. Em nossa primeira conversa você me passou a imagem de alguém muito duro e inflexível — Miranda diz, e ele desenha com seu indicador sobre seus seios.

— Naturalmente eu faço isso, menos o chá, o chá é para minhas clientes e eu precisava saber um pouco mais sobre você, sobre a petulante mulher que determina que não devo sair da cidade. — Miranda sorriu ao se lembrar do chá.

— Suas clientes são bem tratadas. — Tom sente uma fagulha de ciúmes vindo da voz quase irônica de Miranda.

— Sim, são, e faço questão disso — ele provoca. Ela cerra os olhos e percebe que essa foi a intenção dele.

— E o que mais você faz por elas? — Miranda cruza os braços, e algo revira por dentro de Tom, ele está irremediavelmente atraído por ela e perdeu todas as suas defesas. Sai da cozinha e, depois de um par de minutos, volta e para exatamente onde estava, no meio das pernas dela.

— Está interessada em minha vida profissional ou na pessoal? — ele pergunta, e dentro de Miranda algo diz: tenho interesse em tudo o que acontece com você, porque você fodeu com minhas obrigações e agora estou aqui, cedendo às suas vontades e saciando as minhas.

— Não é interesse, é apenas curiosidade. Fala de suas clientes com muito carinho. — A fagulha de ciúme aumenta em dois pontos, pelo menos.

— Tenho carinho por todas elas, são pessoas especiais — Tom fala e, enquanto algo se revira por dentro de Miranda, ele desliga o fogo. A comida está pronta.

— Já namorou alguma? — Miranda pergunta, e Tom a puxa para fora da ilha. Começa a arrumar a mesa para o almoço. Deposita os talheres, os pratos e busca na geladeira uma jarra com suco de laranja.

— Não namorei nenhuma cliente — ele responde, sucinto, e ela fica curiosa sobre a vida amorosa de Tom.

— O senhor já namorou? — ela pergunta mais séria e se senta em um banco alto do outro lado, de frente para Tom.

— Claro, mas isso já faz um tempo. Depois de um período, esse tipo de relacionamento se tornou cansativo e não acrescentava absolutamente nada, eram cobranças e ciúmes desnecessários. — Ele alcança dois copos e os coloca diante dos pratos, em seguida coloca a panela ao lado e olha para ela, que deseja mais informações. Tom desperta o lado curioso e feminino de Miranda. — Para elas, tirar medidas de outras mulheres era algo mal-intencionado. — Ele sorri de lado.

— E era? — Miranda morde o lábio e o encara.

— Quase sempre — ele responde, e ela cessa. A resposta dele a incomoda.

— Achei que evitasse relacionamentos. É estranho aos trinta e quatro anos estar solteiro. Poderia escolher entre suas opções, é atraente, inteligente e costura, um sonho para qualquer mulher. — Tom gargalha, jogando sua cabeça para trás.

— Prefiro ser escolhido, Srtª Liam. — Eles se sentam, e Tom serve a ambos, tanto a comida quanto o suco.

— Duvido que nunca recebeu nenhuma proposta. — Observa as mãos de Tom manipulando os talheres e admira sua destreza.

— Nenhuma que me fizesse aceitar. É diferente, mas já que está mencionando, tem alguma proposta para me fazer? — ele diz sério e a encara. Miranda engole seco e por dois segundos encaixa a resposta.

— Não tenho interesse nenhum no senhor, Tom Damon, infelizmente não vou entrar para a sua lista de rejeitadas. Sou a que rejeita, a que não escolhe — ela fala com arrogância, mas o tom é de brincadeira.

— Foi o que pensei — ele responde, ilegível, e isso intriga Miranda. Ali, naquela ilha, enquanto cortam os pedaços suculentos de carne e batata, muito foi dito sem dizer uma única palavra.

De um lado, Miranda que está agindo por impulso e deseja que Tom a tenha de novo, do outro, está Tom, que deseja Miranda, mas sabe que, antes de ser qualquer coisa, ele é um suspeito.

11

Passam das quatro horas da tarde. Tom está sem camisa, usando um jeans e descalço. Ele recorta alguns tecidos e analisa as medidas escritas no papel. Em seu quarto, Miranda dorme. Na hora do almoço, quando Tom saiu de sua companhia por breves instantes, ele foi colocar um preservativo, pois sabia que a teria ali e seu pau estava pronto.

Ele a teve, alguns minutos depois devido à digestão, e isso o faz recortar o tecido pensando nas palavras de Miranda enquanto ele a fodia sobre a ilha da cozinha.

— Namoraria comigo, senhor Damon? — ela perguntou, e ele se enterrou ainda mais fundo, mais forte, fazendo-a gemer.

— Isso é uma proposta? — ele perguntou indo e vindo, sentindo-a molhada e sensual.

— Não, apenas curiosidade. — Ela sorriu, e ele a fez gozar massageando seu clitóris com o polegar, enterrando fundo e gozando junto com ela. Foi rápido e intenso.

— Se fosse uma proposta eu responderia, não estou aqui para alimentar seu questionário de curiosidades. — Ele beijou-a, e buscaram juntos o mesmo fôlego.

Tom continua recortando e pensa que nunca evitou relacionamentos, ele os teve, mas não foram fortes o suficiente para atingir o topo de prioridades em sua vida. O som está baixo, tocando um clássico de Duran Duran, Come Undone.

Outras mulheres já mexeram com Tom, estiveram muito tempo ao seu lado, mas nenhuma teve a oportunidade de conhecer o seu amor.

Porque, mesmo tendo em suas costas uma história triste, ele é livre de maldições sobre o amor. Teve um bom exemplo sobre casamento, seus pais foram felizes juntos e se amavam.

Miranda desperta e escuta a música vindo de algum ponto da casa. Está nua e tenta entender o que está acontecendo. Não se permite sentir essa explosão em seu estômago ao pensar em Tom, mas está acontecendo e, por mais que ela lute, é em vão.

Ela se levanta, vai até o banheiro, lava o rosto, olha para o espelho e busca uma breve orientação sobre a loucura de estar na casa de um suspeito. Deveria estar investigando-o e não trepando com ele.

Miranda olha para o próprio corpo e para o chuveiro. Tom escuta o barulho da água caindo e não tenta resistir, ele caminha até sua suíte e observa o corpo de Miranda molhado, com uma densa espuma descendo, percorrendo o mesmo caminho que ele percorreu com seus lábios, o que o deixa insatisfeito. Ele quer mais, mas agora não é apenas sexo, quer saber o que precisa fazer para que a curiosidade vire proposta, e que deixe de ser um suspeito.

Ele a olha como se nunca tivesse visto nada igual, e nunca viu. Miranda tem curvas bem preenchidas, não tem frescura para comer e não se sentiu envergonhada ao repetir o prato. Ela o desarma porque tem mais força do que ele, domina a situação porque ele ficou fraco e desistiu. Ele serviu chá com mel, essa foi sua única arma, o resto foi sorte e destino.

Tom volta à sala e continua seu trabalho, aumentando um pouco mais o volume e tentando não pensar em nada, apenas nas medidas precisas. Apesar de ser final de dia, precisa de uma distração que não esteja tomando banho.

Miranda sai do banho e escolhe uma camisa dele para colocar, apenas ela; é preta, bonita e não foi ele quem fez. Espia a ordem do seu closet e lembra novamente do dela, a essa altura Deniesse já devia ter arrumado. Tudo é alinhado, sem exageros, simples e bem organizado. Ela observa os perfumes. Uma escova de dente dentro da embalagem é tudo de que precisa.

Ela vai em direção à sala, confiante de que seu hálito está agradável e que seu corpo está limpo e com cheiro de Tom, pois ela usou o sabonete dele.

Tom a observa penteando os cabelos, e essa imagem é muito sensual e agradável, porque por mais que outras mulheres estiveram ali, não foi de forma tão intensa. Ela age como se a casa fosse dela, como se pertencesse a esse mundo.

— Hoje é sexta-feira, o expediente deveria acabar mais cedo. Não tem planos para hoje? — ela pergunta e se senta sobre a mesa, onde um imenso pedaço de tecido recebe o traçado de giz. Ela admira as costas de Tom, envergada sobre o tecido azul escuro, suas mãos bem cuidadas estão espalmadas enquanto ele acerta o molde. Ele é preciso e muito bom no que faz.

— Tenho — ele responde apenas isso, e Miranda se sente incomodada. Ela não tinha planos de ir embora, iria para casa dela para depois voltar e desistiria de ficar ali quando enjoasse dele. Ingenuamente ela pensa que isso pode ser possível.

— Posso saber qual é? — Ela continua se penteando e olha para a nuca dele, com cabelos revoltos e sensuais.

— Meu plano para essa noite de sexta-feira está escovando os cabelos e usando uma camisa minha. — Ele não a olha, continua com seu trabalho e, antes que ela se dê conta, está sorrindo. Não está pensando no distintivo e muito menos no celular sem bateria.

— Preciso ir embora, preciso de roupas e das minhas coisas. Calcinha, sabe? — ela diz e ele continua com seu traçado. — E também você está trabalhando e não quero te atrapalhar. — Ela usa uma dose aceitável de charme.

— Não precisa, roupas eu faço, sou um bom costureiro. Pode usar minhas coisas. Já está usando, por sinal, e quanto à calcinha, acho, em minha opinião, algo dispensável. — Ele não a olha, porque dentro de sua cabeça está uma voz gritando para não deixá-la ir.

— Tom — Miranda o chama.

— Sim.

— Olhe para mim — ela pede. Tom se levanta e a encara. Ela está com seus cabelos molhados e sem nenhum traço de maquiagem, é apenas ela nesse momento e está linda para Tom. Ele não sabe mais como conter, foi arrebatado. — Eu fico, mas sabemos dos riscos. Uma hora vai acabar, não vai dar certo. Estamos em lados opostos, quase um contra o outro — ela justifica.

— Não estou contra ninguém; eu estava na minha casa, foi você que veio até mim. Sou um suspeito, mas não sou culpado e aqui não houve nenhuma proposta. Assim como você, estou apenas curioso. — Ela olha para dentro dos seus olhos e algo acende, um instinto avisando que aquele par de olhos azuis está sendo sincero, mas ser Miranda requer saborear o lado ruim mesmo quando ele não existe. Ela está pensando que pode estar envolvida mais do que deveria, e agora sua intuição está sendo forjada à base de um bom sexo.

— Não sei. — Miranda abaixa a cabeça.

— Eu gostaria que ficasse, mas se prefere ir, eu vou entender. Não estou aqui para lhe obrigar a nada. — Ele levanta o rosto dela com a ponta do indicador sob seu queixo.

— Mas deveria — ela sussurra e um instinto animal explode em raios dentro de Tom. Ele a quer e isso é fato. Ele empurra tudo que está em cima da mesa e o chão tão bem limpo e todo o espaço organizado agora está com pedaços de giz, tecidos e moldes espalhados.

Os pedaços de giz levantaram uma poeira sobre a madeira do chão. O mundo de Tom está diferente. Alfinetes e pequenos botões, que foram previamente separados, enfeitam o piso como nunca fizeram antes. Sentimentos profundos não podem dividir o mesmo espaço com a intolerância, onde existe um o outro não sobrevive. O chão de Tom está sujo agora, mas algo o deixa feliz em relação a isso.

Ele a deita sobre a mesa e se coloca entre suas pernas, violento e com pressa. Abre a camisa, fazendo os botões voarem e ajudarem na desordem do lugar. Os seios dela estão lá, chamando-o, e seu sexo está livre, pronto para ele. Tudo quase dói, mas não é dor.

Tom abre o zíper, mas não retira a calça jeans, o que facilita para colocar sua ereção para fora e roçar sobre o sexo molhado de Miranda. Sem camisinha, tão imprudente quanto tudo o que eles estão fazendo. Ela permite, se entrega e sente seu corpo ser preenchido por Tom.

Ele a sente quente, molhada, apertada, obrigando-o a se concentrar. Tudo fica mais difícil, tudo parece ser urgente, e é.

— Gostosa — ele diz e entra vagarosamente, como se evitasse o fim. — Muito bom sentir você assim. — Desliza para dentro dela e ela geme cada vez mais alto, sentindo o que seu corpo nunca sentiu.

— Preciso de mais — Miranda pede, e ele chega a fechar os olhos, buscando concentração. Tom não quer o fim, não agora, pois precisa vê-la gozar. Ele imaginou a boceta de Miranda gozando de várias maneiras e não pode simplesmente se entregar à fraqueza do próprio corpo.

O que buscam almas perdidas? Buscam pessoas perdidas como Miranda Liam, que deixou sua arrogância do lado de fora da casa de Tom. Buscam por Tom, que prefere encarar tudo isso com prazo de validade. Almas perdidas estão alojadas em pessoas que tentam se encontrar, elas se completam por serem diferentes, incompatíveis e sozinhas.

Tom olha dentro dos olhos de Miranda e enxerga novamente seu reflexo. Então a beija, com maciez percorre a boca dela com sua língua. Ela o abraça com uma mão e com a outra, acaricia seu rosto. Ambos abrem os olhos e se encontram, como almas perdidas que precisam uma da outra.

Ele sente o corpo de Miranda se entregando e não resiste, acompanha-a no orgasmo e não está preocupado com os resultados de sua imprudência, ele apenas a quer.

— Isso está ficando complicado — ele diz, e ela fica sem entender.

— Por quê? — ela pergunta. Tom levanta, se arrumando, e ela se senta na beirada da mesa. Tudo ao redor está bagunçado e diferente de como Tom aprovaria.

— Porque não tenho o controle que deveria quando estou dentro de você — ele confessa, e ela sorri.

— Causo isso nas pessoas, elas perdem o controle comigo. — Ela tenta quebrar o clima, e ele sorri.

— Fica? — Ele a olha com um pedido terno em seus olhos. Isso mexe com ela, porque é diferente do relacionamento de catorze anos com o mesmo homem. Maurice foi seu primeiro e único namorado, estavam noivos, e ela estava apenas três meses sem relacionamento, não teve tempo de tentar alguém novo.

— Fico, mas me dê motivos para isso, porque eu tenho uma lista extensa de motivos para ir embora. Tudo indica que eu deva sair por aquela porta e não me envolver com você, mas é como se eu estivesse fazendo a pior besteira da minha vida. — Ela respira fundo, percebendo que está mais calma e que nem tudo é desespero. — Não tenho força para ir embora, e isso não deveria estar acontecendo. — Ele se alegra internamente. As pessoas que Tom aprecia a companhia geralmente vão embora e quase sempre as despedidas são trágicas.

— Não tenho muito para oferecer, a não ser algumas trocas de roupa e um bom prato de comida — ele diz, e ela sorri, está entregue e não quer mais resistir, está se permitindo viver isso.

— Me parece uma excelente proposta — ela dispara, e seu sorriso atinge Tom. Ele já não pensa em abrir a porta para que ela saia, ele a quer ali, mesmo que ele durma no sofá ou que não durma. Miranda arrancou a armadura de Tom de uma única vez, e ela nem imagina.

Miranda desce da mesa, e Tom estica a mão em sua direção.

— Fique pelas propostas ruins também. — Ela sorriu e o beijou, apoiando cada lado de seu rosto com as mãos. — Nem sempre vou ser sua boa surpresa, mas não vou ser mau, eu prometo.

— Acho que foram elas que me convenceram. — Tom sorri e retoma o beijo. Ao redor deles, uma bagunça que nunca houve, aquele chão nunca ficou sujo e nada nunca esteve fora do lugar, a começar por ele mesmo.

12

— Eu sei o que estou falando, alguém entrou lá e retirou pelo menos três provas. Conheço meu departamento — Johene fala com Rock ao telefone. Três sacos com provas do assassinato de Abby sumiram.

— Pelo visto, o sistema de segurança foi falho. — Rock é discreto ao tentar dizer que quem entrou tinha acesso. Johene olha para o que sobrou das provas e pensa em quem poderia ter feito isso e por quê.

— Tem alguém chegando, depois nos falamos. — Johene desliga e, no final do corredor, surgem Mark e Greg. É cedo e eles falam baixo, são sorrateiros. Johene fica atrás da segunda estante, longe dos olhos deles.

— Apenas verifique se ela ainda está lá, imbecil. Não limpo mais nada que você sujar — Greg dispara, e Mark sai em silêncio. Mark não presta, isso é fato, mas ele vem sendo humilhado há muito tempo pelo cunhado. Ele deve favores e precisa aguentar, caso contrário pode ser expulso definitivamente da corporação.

Greg caminha em direção a Johene, mas não imagina que ela está lá. Ela escuta os passos e se mantém em silêncio, até que o celular de Greg toca.

— Alô — ele atende ríspido e escuta sem dizer absolutamente nada. — Tudo certo, vamos esperar o resultado do exame corporal e entregaremos um positivo para a Corregedoria — fica em silêncio, ouvindo o que a outra pessoa diz. — Não me ligue mais, já temos o necessário. Assim que o resultado chegar, eliminaremos dois problemas. — Ele desliga e sai da sala de provas.

Johene solta a respiração e envia uma mensagem para Rock:

> "Preciso falar com você, vou estar no Skoob Café em 10 minutos" — Jo — 07:54

Rock se levanta, sai da delegacia e caminha pelas duas quadras. Ele, assim como Johene, estão de olho em Greg e Mark, porque sabem que eles vão destruir Miranda, mas vão fazer isso de forma baixa.

Enquanto isso, Miranda bate a porta de sua casa e entra com um sorriso estampado. Deniesse estranha o humor relativamente bom de sua patroa e sorri. Ela não imagina que Miranda passou o melhor final de semana de sua vida, longe de sua obrigação como detetive e mais longe ainda da Miranda fria e arrogante.

As lembranças a fazem sorrir...

Na sexta-feira, quando o relógio anunciou vinte e três horas, Miranda se levantou e deixou Tom em sua cama. Ele estava exausto e ela, satisfeita. Caminhou até a cozinha, colocou água no copo e tentou se sentir culpada por estar tão envolvida e nada preocupada com as consequências.

Colocou o copo sobre a pia e voltou para o quarto, mas sua cabeça com pensamentos loucos e insubordinados a impediram de deitar. Ela admira, por alguns instantes, o homem que está em um sono profundo, com cabelos desgrenhados e que respira calmamente.

Veste outra camisa, uma que tenha todos os botões, e vai para a sala. Alcança tudo que estava no chão e tenta colocar em ordem sobre a mesa de trabalho de Tom. Ela consegue deixar quase do mesmo jeito, fez um bom trabalho.

Vai até a área de serviço, apanha uma vassoura, um rodo e um pano úmido. Limpa toda a sala e deixa como se absolutamente nada tivesse acontecido. Pelo menos ela conseguiu isso com o ambiente, mas com sua cabeça tudo estava jogado ao chão, empoeirado com restos de giz branco e com botões retirados à força.

No sábado, quando Tom acordou, viu que estava sozinho e algo desagradável tomou conta de seu rosto. Mesmo não tendo consciência, ficou triste e saiu apenas de cueca em busca de Miranda.

Quando ele chegou na cozinha, atraído pelo cheiro de pão com nozes e chocolate quente, deslumbrou a vista necessária para começar bem o seu dia. Ela estava lá, sentada sobre a ilha, lendo o jornal e com a boca cheia de pão.

Tom a cumprimentou e, com uma atitude inesperada, se aproximou e a abraçou pela cintura.

— Achei que tinha ido embora — ele desabafou, e ela sorriu, depositando ao seu lado o jornal e o pedaço de pão, deixando suas mãos livres para afundar os dedos nos cabelos bagunçados de Tom.

— Achou errado. Você me convenceu a ficar e, pensando bem, se eu for para minha casa, vou passar fome. Melhor eu ficar — ela brinca, e ele alcança um pedaço de pão. Em seguida toma um gole generoso de chocolate quente, isso alivia a tensão de não ter escovado os dentes ainda.

Miranda passou o primeiro sábado, em anos, sem se preocupar com as regras de seu trabalho. Ela estava mais interessada nas histórias de Tom, em saber sobre as pessoas do porta-retrato. Foi às treze horas do sábado que Tom falou sobre o irmão.

Ela estava na cozinha, cortando um generoso pedaço de bolo de nozes com calda de baunilha e escutou uma música vindo baixinho da sala. Miranda pegou o prato e um garfo e caminhou lentamente. Observou Tom, que olhava para uma foto em suas mãos. Ele estava sentado na poltrona em frente à janela, sem camisa, usando apenas uma calça de malha verde-escuro.

Ela cortou um pequeno pedaço e, nesse momento, pôde jurar que ouviu o suspiro de Tom buscando um alívio que não chegava. O som era de Bruce Dickinson, Tears of the dragon, o volume era baixo, mas perfeitamente audível.

Miranda se aproximou e parou a poucos passos dele. Olhou a foto, um garoto com outro em seu ombro, uma foto antiga. Para ela a foto fazia sentido, sabia quem era o garoto maior. Então, escutou a respiração profunda de Tom e esperou, ela esperaria o quanto fosse necessário.

— Ele era o meu herói no mundo — Tom disse em um sopro baixo, quase sufocado, e retomou o fôlego. — Éramos amigos, apesar da idade, ele não contava seus segredos para mim, mas falava sobre seus planos, conversava comigo como se eu, dentro dos meus míseros anos vividos, fosse capaz de raciocinar como ele. — Tom fechou os olhos e respirou fundo, como se sentisse o perfume do irmão. — Raphael era minha versão em vida do que lia nas histórias em quadrinhos.

Miranda gostaria de ajoelhar-se ao seu lado e dividir o que ele estava sentindo, mas isso delataria que ela já sabia de tudo, de toda a atrocidade. Ela não queria ser isso para ele, a mulher de todas as informações, porque, na verdade, ela não era. Miranda não sabia que Tom, dentro de sua genialidade em ser o que é, pudesse ser apenas humano.

— Ele sonhava em ser piloto de avião, estava empenhado nisso, mas algo o interrompeu. Ele andava feliz. Um tempo antes de sua morte, apresentava sinais de paixão por alguma garota. Então dividia seu tempo entre juras de amor e as leituras sobre aeronaves — Tom contou, segurando o porta-retrato onde o irmão o carregava nos ombros; ele de braços abertos, seguindo o sonho do irmão.

Miranda escutou com atenção os detalhes e se pegou mais de uma dúzia de vezes se esforçando para não se emocionar.

— Se eu soubesse que não o veria mais com vida, eu o teria abraçado e teria dito que o amava — Tom terminou sem contar os detalhes sobre a morte, e Miranda, que já sabia de tudo, se aproximou e beijou seu rosto.

— Ele deve saber — ela disse, e o restante do sábado foi coberto por um tom melancólico, até que a noite chegou e Tom Damon dividiu a bancada culinária com ela. Miranda fez um omelete de claras, com ervas e queijo emental, ele fez um cozido irlandês regado com whiskie.

Dividiram o mesmo prato, a mesma taça e a mesma vontade. Dormiram e acordaram, descansavam um do outro apenas para poder se cansar outra vez. O sexo se tornou mais íntimo, mais real e mais carregado de sentimento do que apenas química corporal. Tom não precisava usar mais a força, e a maioria das loucuras que ele praticava no Mitral passaram a ser inúteis. Era mais satisfatório assim, envolvendo mais do que carne. Ali era um encontro profundo de almas perdidas em direções diferentes.

Miranda sobe para o seu quarto e, não tendo ideia do tamanho do sorriso que está em seu rosto, recorda de sua despedida há menos de vinte minutos.

— Vou ter que esperar? — Tom perguntou, e ela olhou para dentro de seus olhos. Antes de responder, trouxe a imagem dele tirando suas medidas.

Foi na manhã de domingo. Tom havia dispensado Rosié durante todo o final de semana, por isso andaram nus pela casa dele. Foi tranquilo, mas intenso.

— Vem comigo. — Tom a levou para cima do patamar onde geralmente seus clientes ficavam para tirar as medidas. Mas Miranda estava nua, e o som tocava A-Ha, Early Morning.

Tom pegou sua fita métrica e colocou em torno de seu pescoço, ele estava usando apenas uma cueca branca, justa ao seu corpo.

Miranda estava nua e ficou de frente para o biombo de três fases, revestido com espelhos. Ele esticava a fita do ombro até a cintura dela, e apenas observava o número e não anotava. Depois, esticou a fita de seu quadril até o tornozelo, em torno de sua cintura, em torno de seu quadril e, por fim, depois de todas as medidas, ele laçou a fita por cima dos seios de Miranda. Ela fechou os olhos e analisou o quanto era excitante o que estava vivendo, se sentia viva por fazer aquilo.

E fazer sexo depois das medidas terem sido tiradas foi natural, os dois corpos queriam. Tom abusou de seu poder enquanto colocava a fita métrica sobre o corpo de Miranda, ele deslizava os dedos e adorava como ela segurava a respiração.

Miranda voltou da recordação do dia anterior e pensou em uma resposta coerente, dessa vez não o queria como suspeito, ela o queria como seu cozinheiro e costureiro particular.

— Vai esperar muito pouco, vou fazer de tudo para ser um tempo breve. — Ela beijou os lábios de Tom na porta da casa dele, embaixo do batente, e partiu em seguida. Tom fechou a porta e parou diante dos rolos de tecido, pensando em algo com cara de Miranda Liam.

Miranda foi embora e agora está terminando de colocar uma roupa para encarar o que o dia a espera.

Ela não imagina, mas Johene e Rock falam sobre o futuro duvidoso e arriscado que a aguarda.

— Jo, Greg está planejando algo contra Miranda, mas eu não sei o que pode ser — Rock fala, e a atendente do Skoob serve dois cafés. — Ele planeja algo contra ela há muito tempo, e isso que você está me contando pode estar envolvendo Miranda sem que ela imagine. Estou tentando falar com ela o final de semana todo e não consigo.

— Eu não sei se envolve Miranda, mas tem alguém atrapalhando as investigações. Abby era a única vítima que ofereceu mais provas, e agora elas sumiram. Posso estar enganada, mas Greg está na ânsia de entregar esse caso finalizado para a Corregedoria. Isso atrapalha uma conclusão justa — Johene diz, e Rock encaixa uma informação.

— Johene, todos os homicídios estão sendo tratados como um único assassino. Eu acredito que realmente seja, mas se o resultado do exame corporal de Abby apontar um nome, Greg vai destinar esse nome como responsável por todos os crimes. Ele vai passar por cima de Miranda, que está à frente do caso, e entregar para a Corregedoria como encerrado. — Rock balança a cabeça. — Miranda perde pontos, e o relatório que poderia nos livrar de Mark passa a não ter mais valor.

Rock dispara e não imagina que tudo é ainda pior, que não se trata apenas de resolver um caso antes de Miranda. Greg é muito pior que isso.

Miranda chega na delegacia e vai direto para sua sala, sem desconfiar que no celular de Greg encontram-se as fotos dela com Tom Damon em uma amorosa despedida essa manhã. Ela está sorrindo e Greg também.

Johene e Rock voltam do café. Ela chega antes, e Rock, alguns minutos depois, para evitar qualquer comentário desnecessário.

Rock vai até a sala de Miranda, que está conectando o celular no carregador e sorrindo. Ele está sério, preocupado, e sente culpa em quebrar o sorriso de Miranda, mas ele deve muito a ela.

— Bom dia, desaparecida, como foi o final de semana? — Rock pergunta, e ela sorri amplamente em sua direção. — Fico feliz, Miranda, mas posso estragar sua manhã? — Rock diz, e Miranda desconta parte do sorriso, mas ele está lá, mostrando seus dentes.

— Greg? — Ela entorta a boca.

— Eu ainda não sei, mas vou descobrir. Estou na cola dele, assim como ele está na sua. Tem algo sujo rolando, e os anos dentro desse lugar não me deixam enganar — Rock explica sobre as provas que sumiram e fala sobre a conclusão que chegou, que se o exame corporal apontar um mísero nome, esse será o nome que terá uma prisão preventiva e Greg vai ficar bem com a Corregedoria.

— O resultado fica pronto a que horas? — Miranda pergunta enquanto manuseia sua automática, colocando-a dentro do coldre, ao lado de seu computador.

— Antes do almoço. — Rock está preocupado. Greg é sujo e ninguém entende como ele está ocupando um cargo de tanta confiança. — Você vai desaprovar, mas eu pedi para Junk dar uma geral em sua sala hoje cedo. Eu estava certo, havia uma escuta, e agora essa escuta está na sala dele — Rock avisa que pediu para o ajudante de Johene vascular a sala dela e ainda mudar estrategicamente a escuta de lugar.

— Ele quer a minha cabeça — Miranda dispara, e Rock concorda com um pequeno aceno.

— Vai querer a minha, caso o plano não dê certo — Rock também explica que ele e Johene estão aguardando o resultado. Miranda esquece o final de semana feliz e foca na delegacia, que parece estar sendo engolida por uma equipe de dois vagabundos sem escrúpulos.

Miranda olha para a tela e para Rock, ela divide sua atenção entre os e-mails e o olhar preocupado dele.

— Quem tem acesso à sala de provas? — Miranda digita seu login e senha no sistema.

— Johene, Unke, Jade e Doern, além de nós, incluindo Mark e Greg — Rock responde e rola o polegar sobre a tela do seu celular.

— Estamos com nossas cabeças na guilhotina. Se a lâmina cair, é o que estamos esperando, mas se der certo, podemos matar dois coelhos com uma única pedrada. — Miranda acessa o sistema de segurança, percebendo que a senha usada para abrir a porta no sábado à tarde é uma senha master, o que reduz para apenas três pessoas o acesso à sala de provas.

Na sequência, busca pelo relatório do rastreador dos carros dos três suspeitos na hora em que a sala foi aberta. Mark estava do Welps, enchendo a cara, Greg estava na casa dele e, por fim, o rastreador do carro de Jade estava a duas quadras da delegacia.

— Rock, Jade esteve na sala de provas — Miranda afirma, e Rock olha com um par de olhos arregalados.

— Miranda, não traga para dentro uma competição pessoal, você já tem gente demais na sua cola — Rock a alerta. Miranda dá de ombros e vasculha o que Jade tem feito para que possa ter interesse nas provas coletadas nas cenas dos crimes.

Ela busca ligações telefônicas, últimas visitas à Corregedoria e liga tudo isso à morosidade que atendeu aos chamados. Toda vez que a equipe de Jade era acionada, porque mais um corpo fora encontrado, ela tardava, e sempre havia uma briga, algo que desfocasse a atenção de Miranda.

— O resultado do exame corporal de Abby Sheldon — Greg interrompe a investigação de Miranda, abrindo a porta de uma única vez. Ele está sorrindo como se fosse uma majestade, e Mark está roendo as unhas do outro lado do escritório, impaciente, aflito e descontente. Algo está estranho, e a intuição que Miranda evita está sentada em sua mesa, brincando com sua automática.

— Vamos conversar — Greg diz, e pede alegremente que Rock saia. — Tudo bem com você, Miranda? — ele pergunta, e Rock passa em frente ao vidro da sala de Miranda, negando com a cabeça. Ele sabe que o pior ainda está por vir, mas também não imagina o tamanho.

13

Greg sorri quase sem controle e abre um envelope como se não soubesse o resultado, como se não fosse parte de sua alegria.

— Bem, vejamos, aqui diz que Abby Sheldon manteve relações sexuais poucas horas antes de sua morte. Graças a intimação que EU agilizei, trazendo Tom Damon para depoimento e recolhimento de material para análise, descobrimos que os dois treparam muito no dia de sua morte. — Greg joga o resultado sobre a mesa de Miranda, que perde parte de seus sentidos. Ela busca o frasco de analgésicos e coloca pelo menos quatro em sua boca.

Uma confusão dentro de sua cabeça acontece em forma de explosão. Tom com outra mulher, na cama, fazendo o que fez com ela, e repetidas vezes. Tom fez sexo com Abby e depois a matou, ele apresentou documentos e não havia álibi para a noite em que ela foi morta, ou os outros.

Ela engole secamente e repete o movimento em sua garganta mais vezes. Não olha para o envelope, ela está vulnerável diante de seu pior inimigo. Greg a quer assim, no chão, mas ainda pode piorar.

— O pedido de prisão preventiva para Tom Damon está aqui. Como já tem intimidade o suficiente com ele, quero que você faça o trabalho. — Greg coloca um par de algemas sobre a mesa de Miranda e junto o mandado de prisão contra Tom. — Quero para agora, preciso entregar esse caso resolvido antes do almoço. Agora vai, isso é uma ordem — ele dispara, e o coração de Miranda dói, seu corpo não reage. Ela não entende e se perde dentro de si mesma. — AGORA, MIRANDA! — Greg volta e grita, despertando-a e a surpreendendo.

— Mark, acompanhe Miranda. Rock, fique aqui, ela sabe se virar. — Greg está eufórico e olha o exato momento em que Miranda se levanta, trêmula, e caminha com as algemas em uma mão e com o mandado na outra. Mark não parece feliz, ele a segue sem dizer uma única palavra.

— Me deixei ser enganada, esqueci a diretriz, segui a emoção... — Miranda repete frases em nenhuma direção em especial, ela está apenas caminhando sem rumo, mas tem um destino.

Tenta formular alguma frase, algo para dizer que não lhe traga nenhuma lembrança sobre chás, medidas e propostas, mas tudo está tumultuado, explodindo em informações que parecem não ser coerentes, mas são reais. Tom Damon é o assassino, sua voz falando sobre o irmão e seus olhos tão sinceros, agora estão de frente a ela.

Miranda treme, não aceita, e tenta acordar disso tudo. Deveria ser mais um sonho ruim, mas não é; é a merda da vida real que não dá tréguas e nem chance.

Ela saca o celular e avisa o pai, Hilbert, que do outro lado da linha se apavora, não porque seu cliente está sendo preso, mas porque, depois de anos, sua filha está chorando.

Ela liga o carro, mas Mark coloca a mão sobre a dela.

— Eu dirijo — ele diz apenas isso. Ela pede que não usem o carro dela, mas o carro do Rock ou qualquer outro.

Eles entram no antigo carro de Mark e seguem. Mark desvia o olhar disfarçadamente e observa as tentativas de Miranda em esconder sua dor. Greg havia vencido.

Mark para o carro em frente à casa de Tom Damon e Miranda desce. Mark vai atrás e fica em total silêncio.

Miranda para em frente à porta dele e fecha os olhos, pensa no beijo que foi dado e na promessa de fazer o tempo ser breve em reencontrá-lo, e ela cumpriu. Sente o gosto da boca de Tom e se sente enganada, traída e inocente.

Aperta a campainha, enxuga o rosto e se veste de postura firme, mas por dentro tudo está se despedaçando.

— Bom dia. — Rosié abre a porta. Assim que olha para Miranda, ela sorri de verdade.

— Bom dia, poderia falar com o senhor Tom Damon? — Miranda diz com a voz falhando e respira fundo. Geralmente não é assim, policiais com um mandado em mãos invadem a casa e pronto, tudo está resolvido, mas Miranda parece que está ganhando tempo, como se alguém fosse chegar e dizer que foi tudo um grande e amaldiçoado engano.

— Sr. Damon avisou que viria, e disse que pode entrar quando quiser — Rosié diz, e Miranda não queria ouvir isso, era apenas para chamá-lo e pronto.

— Por favor, peça que ele venha até aqui — ela diz seriamente, e Rosié estranha o rosto de Miranda, ela está completamente destruída.

Miranda escuta os passos de Tom, olha para dentro da casa e ele vem em sua direção. O homem que lhe ajudou no Mitral, que cozinhou e que tirou suas medidas, está caminhando em direção à sua prisão.

— Oi. — Ele vem feliz na direção de Miranda, esperando que um beijo aconteça, mas ela desvia. Não queria desviar, mas está tentando não sentir tudo o que sente. — Tudo bem? — ele pergunta. Ela dá um leve sacolejo na cabeça e ele a leva para dentro, ele está com um pressentimento ruim.

— Tom Damon. — Ela busca ar para seus pulmões, mas não consegue, então uma lágrima desce pelo seu rosto. Olha ao redor e vê um manequim feminino com um vestido verde-água ainda não acabado, cheio de alfinetes, e se lembra de suas medidas sendo tiradas.

— Sim? — ele diz baixo e olha para o papel em sua mão. Depois, para a algema em outra.

— Você está preso pela morte de Abby Sheldon. — Ela quase fraqueja, e então o vira de costas, prendendo uma mão. As mãos que tanto estiveram nela no final de semana. Ela o vê fatiando as batatas, cortando a carne, abrindo a camisa e estilhaçando os botões. Lembra-se da porra do chá com o fio de mel e tudo é mais triste do que imaginava, mas de repente em sua mente tem a imagem dele segurando com força o pescoço de Abby. A imagem se funde com ele trepando com a vítima.

Tom abaixa a cabeça e não diz nada. Junta os pulsos e Miranda prende a outra mão. Em silêncio, caminham em direção à porta.

— O que está acontecendo, Sr. Damon? — Rosié vem depressa e pergunta.

— Um engano, é isso que está acontecendo, um terrível engano. Cancele meus compromissos. — Tom é levado para o carro. Uma garoa chata começa e ali, no veículo que leva Mark, Miranda e Tom, tudo está em silêncio.

O trajeto até a delegacia é como uma passeata fúnebre e surreal. A janela do carro, com as gotas da garoa, reflete um rosto desolado pelas algemas e outro pela fraqueza. Miranda é uma mistura de ódio próprio e vergonha, e Tom é uma mistura de Miranda com uma centelha infeliz de seu passado.

Ele havia se envolvido e não está arrependido.

Eles chegam à delegacia, e Tom desce algemado. Rock observa a cena e se levanta, indo em direção a Miranda. Mark vai para a sala de Greg, que está sorrindo. Eles caminham por um corredor e chegam à última cela. Marco abre as grades e Miranda entra com Tom, sob o olhar de Rock.

Ela abre as algemas, e ele massageia os pulsos. Miranda não acredita e, mesmo não devendo, ouve a própria intuição, dizendo que tudo isso é um erro.

— Sinto muito — ela não se contém e desabafa. Tom olha para a bela mulher com quem dividiu o final de semana e analisa seu rosto, ela está triste.

— Não sinta, geralmente as pessoas que aprecio dividir minha vida não ficam comigo. Ou elas são arrancadas de mim, ou sangram até a morte, ou partem em uma manhã de quinta-feira, ou me colocam em um lugar frio sem nenhuma razão — Tom confessa e não esconde o que seu rosto demonstra, ele está singularmente abalado e triste.

Miranda observa o momento em que ele se senta na cama de ferro, presa com correntes na parede, e apoia os cotovelos em seus joelhos.

Um pouco antes de sair, ela joga todo o ar para dentro de seus pulmões e dispara:

— Vou tirar você daqui! Isso tudo — ela diz, girando o indicador por todo o ambiente —, não faz sentido algum. — Sai da cela e Marco tranca, fazendo um barulho doído de ferro. Rock acompanha Miranda que, antes de chegar ao final do corredor, para e olha para ele: — Não foi Tom. Eu vou provar, e você vai me ajudar.

— Vamos. Isso ainda não acabou, Greg quer falar com você e pediu para eu acompanhá-la. Me perdoe, Miranda — Rock dispara, e ambos vão em direção à sala do superior. Miranda observa seu pai chegando e sendo conduzido até a cela onde Tom está.

Miranda vai até a porta e bate duas vezes. Greg permite a entrada, com um sorriso escancarado no rosto.

— Quer falar comigo? — Miranda pergunta triste, e isso deixa Greg ainda mais feliz.

— Falar com você sempre foi um desafio, nunca senti nenhum tipo de prazer em fazer isso — ele dispara, e ela olha para o relatório que fez, e estava em sua gaveta, sobre Mark. — Mas hoje em especial estou muito feliz em olhar pra você.

— Pelo menos alguém está feliz aqui — Miranda resmunga, e Greg solta uma pequena e sarcástica risada.

— Miranda, quero que entregue seu distintivo e sua arma. — Ela congela e olha com desespero para Greg. — E antes que comece com uma série de perguntas enjoativas, aqui está seu afastamento assinado pela Corregedoria. O motivo é simples: envolvimento com um potencial suspeito, que agora está preso sob provas; desvio de conduta e falta de ética, afinal, durante o final de semana que passou possivelmente trepando com um assassino que estava sendo investigado, pode ter lhe confidenciado informações sigilosas. Isso poderia atrapalhar o desempenho dessa operação.

Miranda perde o ar. Ela não acredita no que está acontecendo. Pensou ter passado por uma prova ruim agora há pouco, mas Greg agiu de caso pensado, a fez sentir dolorosamente.

— Sua suspensão é por tempo indeterminado e sua sala será ocupada por Mark. Peço que retire suas coisas e volte apenas quando for convidada, se é que isso vai acontecer. — Ele sorri, e ela desfalece seu rosto, está exausta e seu desejo é desaparecer. — É só isso. — Ele vai até a porta e a abre. — Pode ir. — Ele a expulsa, e Miranda sai de cabeça baixa, destruída e com o peito em chamas.

Greg bate a porta e gargalha por sua vitória. Está contente e não se contém em dividir isso com outros interessados.

— Oi, sou eu, ela está fora e o caso foi resolvido. Estou aguardando meu presente, eu mereço, foi difícil me livrar dessa cretina. — Ele pausa e escuta as congratulações por seu desempenho. — Eu sei, foi um trabalho difícil. Eliminar provas nunca é fácil, implantar provas e resultados é mais difícil ainda. Esse namorinho dela veio a calhar, eliminamos vários problemas — ele diz e desliga sorridente.

Miranda vai até sua sala, pega um porta-retrato, a chave de sua casa e de seu carro e vai em direção a Rock.

— Obrigada por tudo, você foi um grande amigo — ela diz, e Rock demonstra seus sentimentos, sabe que ela fez muito por ele.

— Isso ainda não acabou. — Ele a abraça e diz baixinho em seu ouvido: — Confie no Rock, vou estar aqui para ver você entrar por aquela porta e retomar seu posto.

— Eu o prendi, Rock, e meu coração está me dizendo que não fui justa — ela desabafa. — Mas quer saber? Eu vou descobrir a verdade, alguma coisa não está sendo coerente nessa história toda.

— Cumpriu uma ordem, não foi culpa sua, vamos resolver isso. Temos pessoas do nosso lado, agora vá pra casa e tente não pensar muito. Nós o faremos por você. — Ele beija o rosto de Miranda e a acompanha até a porta. — Vou te ajudar. Entrarei em contato, mas deixe o celular com bateria, ok?

Ela olha para trás, observando seus colegas com um olhar indignado e Greg sorrindo. Ela vai embora e não imagina que, na cela fria, Tom conversa com seu pai, que avisou que está entrando com recurso e que vai levar um tempo. Tom está pensando se Miranda está com o peito em chamas, assim como ele.

14

Miranda possivelmente não veio para esse mundo para se juntar às mulheres comuns em uma fila gigantesca esperando que algo aconteça. Ela é resistente a fracassos e perseverante em tudo o que faz, dessa vez não seria diferente. Ela não tem um distintivo ou uma arma, mas tem munição. São sete e quarenta e três da manhã e ela saca o celular recém-comprado, sem função especial ou de alguma marca de grande renome, é apenas um telefone pré-pago, mais simples e comprado com dinheiro. Ela precisa de um meio de comunicação seguro para o que pretende fazer. Disca, e na terceira chamada, Rock, mesmo estranhando o número ser desconhecido, atende.

— Alô? — A voz grave de Rock faz Miranda sorrir. Mesmo estando afastada há apenas um dia, ela sentiu falta dele.

— Rock, sua entrega chegou. Poderia retirar no café Skoob... agora? — Miranda escuta o ok, e em seguida ele desliga. Ele reconheceria a voz dela em qualquer lugar.

Ela segura a caneca com café e tenta espantar o frio de cinco graus, está sentada na mesa do fundo, Rock sabe onde encontrá-la.

Dez minutos depois, ele e Johene entram e vão direto ao seu encontro.

— Oi — Miranda diz e já entrega um celular igual o dela para ele. — Nos falaremos por aqui. Esse número é seguro e, para o que tenho em mente, não podemos nos dar ao luxo de cometer qualquer deslize. — Assim que Miranda bebe um gole do café, coloca a xícara de lado, estica uma folha de papel sobre a mesa e saca uma caneta de dentro de sua bolsa.

— O que planeja fazer? — Rock pergunta, atento aos movimentos, como se estivessem fazendo algo ilegal. Estão, na realidade, mas esse será o segredo sujo deles.

— Vou precisar de vocês. — Miranda olha atentamente para Johene e Rock.

— Tudo bem, estou nisso até o pescoço. — Rock levanta a mão, pedindo dois cafés.

— Eu sei que não devemos trabalhar baseados em achismos e intuição. Ambos podem falhar, mas nesse caso acho que minha intuição está me alertando que o homem que está naquela cela nada tem a ver com a morte de Abby. — Miranda começa uma lista de favores que Rock e Johene precisarão fazer.

— Você sabe que Greg vai atribuir as outras mortes a ele também — Rock diz e olha para Miranda, que continua escrevendo. Ela acena positivamente com a cabeça e solta um: *sei*.

— Detetive, algumas provas sumiram e vai ficar difícil começar a montar esse quebra-cabeça sem algumas peças — Johene observa, e Miranda levanta o rosto. Olha seriamente, por alguns instantes, para Johene.

— Eu sei de tudo isso. Vamos fazer um novo jogo, longe de quebra-cabeças ou jogos de tabuleiro, vamos brincar de polícia que prende bandido, bandido fardado, porque eu sei que Greg não presta e junto com Mark podem formar uma dupla de foras-da-lei com permissão para andarem armados. Sem contar que meu instinto diz que Jade também está envolvida em sabe-se lá o que eles estão planejando. — Miranda vira a folha de papel e mostra a lista para Rock e Johene. — Preciso que memorizem isso e sigam essa ordem de procedimentos, não podem pular etapas. — Miranda está fria, não pelo clima de cinco graus que é de costume na Irlanda. Ela está fria porque provocaram seu ego e seu orgulho.

— Por que você precisa do relatório do rastreador do carro de Jade? Miranda, deixe sua briga pessoal fora disso — Rock diz, e Miranda o olha, fuzilando.

— Rock, vai muito além de qualquer problema pessoal. Se eu estiver certa, ela mexeu com meu distintivo. Entende o que isso significa para mim? Se ela tem acesso à sala de provas, alguém a está ajudando nisso, e eu vou descobrir o porquê.

— Miranda, eu entendo o que significa, mas agora estamos falando de um desafeto e de uma paixão. Você não está buscando alívio pessoal em cima de Jade por ter prendido o alfaiate, certo? — Rock usa de sua amizade para falar exatamente o que está pensando.

— Não estou apaixonada! — Tanto Rock quanto Johene inclinam levemente a cabeça e a olham suspendendo as sobrancelhas, como se dissessem: *sei...*

— Ele pode estar preso injustamente... — Miranda pigarreia, mas mantém a postura rígida, afinal de contas, ela não pode ser flexível nunca, mesmo estando diante de amigos. — Vamos voltar ao plano. Eu não posso fazer muita coisa sem meu distintivo e preciso que tudo saia assim, nessa ordem e dentro do prazo, antes que Greg coloque mais mortes nas costas de Tom. — Miranda está olhando para o papel assim que termina a frase e, quando suspende o rosto, tanto Rock quanto Johene estão sorrindo.

— Vocês precisam se atentar a isso — ela aponta para o papel — e não para isso — coloca o dedo indicador sobre o próprio coração. — Preciso fazer justiça, esse foi meu juramento diante de todos.

— Tudo bem. Assim que tivermos o relatório você quer que grampeemos as linhas de telefone da sala do Greg? — Johene pergunta, confirmando a lista de favores. — Todas as linhas?

— Sim, isso inclui o celular e o da residência. Eu sei que você consegue fazer isso com rapidez, Johene. — Miranda pisca um dos olhos, e Johene entende o pequeno recado. Há alguns anos, Johene grampeou todos os telefones do padrasto para provar para a mãe que ela estava sendo traída. Johene tinha apenas vinte minutos para fazer o serviço e ela o fez. Hoje sua mãe está no quinto casamento (na época das escutas, ele era o marido de número três).

— Sim, eu posso fazer isso. — Johene sorriu com o rosto corado.

— Agora, por que você quer grampear o telefone da Jade também? Eu não estou entendendo — Rock pergunta, e Miranda bebe mais um gole de café.

— Parece loucura, mas desde ontem estou ligando os fatos e as pessoas. Mesmo parecendo incoerente, sei que Jade e Greg de alguma forma mantêm algum tipo de segredo. Ela tratava todos os meus pedidos com uma morosidade sórdida e Greg sempre a defendeu. Espero estar errada, mas minha intuição também diz que eles podem estar juntos a essa hora, comemorando minha saída.

— Miranda, eles quase não se falam.

— Pessoalmente, mas e por telefone, por e-mail ou por mensagens? E isso também faz parte da sequência, conseguir tudo dos e-mails e mensagens de ambos. Sei que essa parte não é com vocês, mas eu sei que já sabem quem vai fazer. — Miranda sorri como se soubesse que esse plano maluco vai dar certo.

— Não teria outra pessoa, e ele é louco o suficiente para descobrir inclusive a cueca de Greg. Unke é doido e volta amanhã das férias. Essa é a ultima parte das ordens, e depois? — Rock pergunta.

— Depois é comigo, preciso de informações de dentro da delegacia. Aqui fora eu me viro. — Ela pede outro café. — Tudo é estranho. Greg queria muito meu afastamento de uns tempos para cá. Nunca nos demos bem, e depois daquela manhã quase que fatídica com Mark, tudo ficou ainda pior, mas recentemente ele andou alimentando um ódio absurdo contra mim e, de verdade, eu não consigo odiá-lo, mas eu consigo sentir pena dele em boa parte do tempo. — O café chega e ela, mais do que depressa, coloca mais dois analgésicos na boca. Bebe um gole, aproveitando a bebida ainda quente.

— Realmente, nos últimos meses tudo ficou mais tenso e quase insuportável, você pode ter razão. Fique tranquila, vamos fazer exatamente o que está pedindo — Rock diz sorrindo, e Johene envia para Unke uma mensagem codificada. Amanhã, nesse mesmo horário, estarão nesse mesmo lugar, e tudo o que Miranda planejou começa a acontecer.

— Temos uma linha segura, podem me ligar para qualquer novidade. Obrigada por me atenderem. — Miranda agradece sorrindo, colocando a mão sobre as mãos deles. — Preciso ir, agora eu tenho que confirmar algumas informações. O tempo grita e eu sei que meu pai não vai conseguir tirá-lo de lá para uma espera em liberdade tão cedo. Greg foi pior do que imaginei e pensou em tudo.

— Vamos resolver, te ligo para qualquer novidade — Rock diz, e todos se despedem rapidamente. Miranda sai do Skoob e liga para Violet.

— Alô? — Violet atende com a voz de sono e resmunga uma dúzia de palavrões contra a pessoa que está ligando.

— Vio, acorda! — Miranda ordena, claro que ordena, ela não conhece outra forma de fazer suas solicitações.

— Miranda, sua filha da puta, não são nem nove horas da manhã, ainda é noite anterior para mim! — Vio se senta na cama e olha para o despertador, que mostra o horário.

— É urgente. — Miranda caminha apressadamente em direção ao seu carro.

— Espero que seja muito urgente, muito importante, importante nível paz mundial, cartão de crédito sem limite ou uma foda bem dada com Henry Cavill, do contrário vou ter que cometer desacato contra uma autoridade. — Vio se levanta, se arrasta até a cozinha de sua casa e bebe o leite direto da garrafa de vidro.

— Cala a boca, Vio, depois você pensa na paz, no cartão ou nesse aí que você quer incluir na sua lista de trepadas. Preciso falar com você e em dez minutos estou na sua casa — Miranda conclui assim que entra no carro.

Violet olha para o celular e xinga de nomes não mencionáveis a amiga que em pouco tempo vai estar na sua porta. Vio olha ao redor e não se importa com a bagunça de roupas espalhadas ou pela louça que se acumula sobre a pia.

Miranda acelera o carro e imagina que pode estar sendo seguida ou rastreada. A partir de agora não pode deixar que saibam onde ela está e com quem. Ela para o carro dentro de um estacionamento, anda por duas quadras e consegue um táxi.

Miranda aperta a campainha e escuta o chinelo de Vio se arrastando em direção à porta.

— Bom dia! Acorda, preciso de você bem desperta. Tome isso. — Ela entrega um café que comprou na Bouthy&Coffee, uma cafeteria que fica no caminho da casa de Violet.

— Bom dia? Você não tem juízo, só não parto pra cima de você porque anda com essa coisa aí. — Violet aponta para o lugar onde deveria estar o coldre de Miranda, mas ele não está. Nessa manhã, assim que Miranda se trocou e instintivamente pegou seu coldre na mão, percebeu que tudo não faria mais sentido sem o distintivo. Contudo, não se abalou, claro que não, ela é do tipo que morre disputando o primeiro lugar, mas não empataria com o segundo.

— Sem armas, sem distintivo, mas eu não tenho tempo de explicar isso agora. — Miranda coloca sua bolsa sobre a mesa desarrumada e anda até a janela.

— Você pediu demissão e vai torrar a fortuna do seu pai em Paris? — Violet gargalha e bebe um gole do café, nem se importando com seu pijama de cores confusas ou com seu cabelo desgrenhado.

— Nada disso — Miranda respira fundo —, Tom foi preso ontem, sob a acusação de assassinato. — Ela conclui, e Violet engasga com o café.

— Você é maluca? Tom não mataria ninguém! — Vio se enfurece e para diante de Miranda.

— Por enquanto existem provas contra ele, por isso estou aqui. Preciso falar com Lord. Sei que ele tem acesso sobre as frequências do Mitral, e nem tente me enganar, não sou idiota. Se Lord não é o dono do Mitral, é fato que ele tem algum cargo de importância lá dentro. — Miranda é esperta e sabe que é Lord quem cuida dos acessos do café que não é um café.

— Você não deixa passar nada, mas não sei como ele vai poder ajudar. — Violet vai até o amontoado de roupas e resgata um jeans, uma blusa e um casaco. Ela se troca e coloca um par de botas. Em seguida, ajeita o cabelo.

— Não se preocupe com isso, eu sei como ele pode ajudar. Agora, termine de se trocar e me leve até ele — Miranda ordena e olha pela janela. Tem uma missão e nada seria capaz de impedi-la.

Minutos depois, ambas saem do apartamento de Violet e pegam um táxi. Assim que a amiga diz o endereço, Miranda abre a boca indiscretamente.

— Ele está no Mitral? A essa hora? — Miranda pergunta, incrédula.

— Ele mora no Mitral, é um acordo. Lord cuida de lá, já que os proprietários não podem fazer isso — Violet responde olhando para fora do táxi, e toda a conversa é baixa para que o motorista não escute.

— Você sabe que vou descobrir tudo sobre o Mitral, mas não vai ser agora. Minha prioridade é outra. — Miranda abaixa a cabeça, como se olhasse para dentro de si, e suspira.

— Vai me contar o que aconteceu? — Vio a intima.

— Vou, assim que falarmos com Lord — Miranda responde e olha para a amiga.

— Tudo bem, imagino que tenha um pedaço gigante nessa história que eu não esteja sabendo, e que, depois do Mitral aquela noite, você pôde conhecer melhor o alfaiate — Vio rebate com tantas intenções ruins que a própria Miranda sorri ao ouvir.

— Brinquei de polícia e bandido, mas a brincadeira acabou de forma estúpida. — Miranda trava a frase e, minutos depois, elas chegam ao Mitral, que durante o dia aparenta simplesmente ser uma casa normal.

Violet está curiosa, mas se contém em perguntar alguma coisa. Elas estão paradas diante do Mitral e, assim que apertam a campainha, escutam algumas portas se abrindo e fechando. Em seguida lá está ele, Lord, com um roupão cor de sangue vivo, cabelos loiros rebeldes e uma barba rala por fazer, mas que nunca será feita, ela sempre estará assim, no ponto perfeito para roçar virilhas femininas e pulsantes.

— Violet? — Lord pergunta e olha em seguida para Miranda.

— Lord, precisamos falar com você. — Violet nunca esteve tão séria, mas o momento exige isso, e ele apenas abre a porta, convidando ambas para entrarem.

O lugar está do mesmo jeito, mas Lord as leva para um ambiente íntimo da casa, ou seja, o lugar onde ele mora.

Ele abre uma porta lateral dentro do bar, atrás do balcão, e um ambiente sofisticado em tom vinho aparece de forma luxuosa, com um perfume agradável e que mexe com alguns sentidos de ambas. Mas o que Lord não imagina é que o cheiro do café quebraria tudo isso. É uma xícara de café que Miranda pede, enquanto Violet se esforça para não babar ao olhar para ele.

Lord serve ambas, mas apenas Miranda bebe um generoso gole e repara que ele não tem a mesma destreza de Tom com xícaras e afins.

— O que está acontecendo? — ele pergunta sério.

— Lord, sou Miranda Liam, detetive do departamento de polícia e estou investigando uma série de homicídios. Acredito que você tenha algumas respostas. — Miranda é tão direta que foi possível perceber a inquietação de Lord diante de sua apresentação.

— Violet, você trouxe uma policial aqui no Mitral? — Lord olha para Miranda enquanto pergunta.

— Relaxa, ela é uma amiga e precisa de algumas respostas — Vio defende a posição de Miranda.

— Não estou aqui para saber mais sobre esse estabelecimento, pelo menos não é essa a minha intenção. Eu preciso saber se Thomaz Damon esteve aqui no dia nove desse mês entre vinte e três horas e quatro da manhã — Miranda continua sendo direta.

— Não posso abrir a frequência dos meus clientes, isso é de sigilo absoluto. — Lord se levanta rapidamente e espalma as mãos pelos cabelos.

— Lord, vamos fazer assim, você abre essa porra de informação para mim e eu vou desobedecer a um princípio meu que é muito importante. Vou fingir que não sei que esse lugar é mantido com dinheiro sujo, vindo de algum alto escalão que ainda não descobri por falta de tempo. — Miranda olha afiado para Lord, que deseja enfartar nesse momento.

— Sou apenas um gerente operacional — Lord tenta se explicar, mas Miranda suspende uma de suas sobrancelhas.

— Sei...

Violet vai em direção do bar e volta com uma dose de vodka pura. O clima está tenso e o ar, pesadíssimo.

— Thomaz Damon foi preso ontem e tudo está apontando que ele seja o real culpado pelo homicídio de Abby Sheldon. Ele é seu amigo e, se não fizermos nada, será acusado pelas outras mortes, já que todas seguem o mesmo padrão. Você está conseguindo me entender? — Miranda metralha, e Lord suspende a respiração, tentando assimilar a informação.

— Tom não mataria ninguém. Nós nos conhecemos há muito tempo. — Lord está preocupado e pede um minuto para poder colocar uma roupa mais adequada. Miranda concede como uma gentileza.

Os pensamentos de Miranda estão na cela, estão sobre o homem e seu dom em servir um bom chá, está na boca dele e nas mãos habilidosas que desenham abotoaduras e sabem despir uma mulher.

Lord volta com jeans e um blusão de moleton, descalço. Em suas mãos está um tablet com a frequência dos clientes do Mitral.

— Você vai ver outros nomes, e isso pode ser ruim para os negócios. — Lord desliza seus dedos sobre a tela, encontra o dia mencionado por Miranda e entrega o tablet em suas mãos.

— Não quero saber sobre os outros clientes, a não ser que eles estejam ligados ao homicídio em questão. — Ela olha para a tela e observa que Tom entrou no Mitral às vinte e duas horas e oito minutos, bebeu uma dose de Rubra e depois duas doses de Sinfony, todas as bebidas são exclusivas do Mitral. Quando faltava alguns minutos para as vinte e três horas, ele subiu até o quarto três.

Mas Miranda nem imagina o que aconteceu depois disso; ele acendeu todas as velas e ligou para Thate, pediu para ela trazer as três mulheres da mesa oito, solicitou duas doses de Rubra e mais duas de Blue-eyes para cada uma. Ele precisava de algo mais libertador naquela noite.

— Eu não entendo. Ele poderia se livrar da acusação apenas mostrando esse álibi, por que preserva tanto esse lugar? — Miranda tira uma foto da tela com seu celular pré-pago e o guarda no bolso. — Por que esse lugar é secreto? Existe algo mais aqui fora da lei? — Miranda devolve o tablet para Lord. Anda com uma mão na cintura e a outra coçando a testa.

— Ele não protege o lugar, protege as pessoas. Existe um pacto de silêncio, e frequentar o Mitral não é um ponto de orgulho — Lord explica e respira fundo.

— Ele não vai conseguir sair dessa se não mostrar isso. Essa comanda prova que ele saiu daqui um pouco antes das sete da manhã. Só isso já o livraria de uma pena pesada. — Violet olha para Lord e acena positivamente para ele, como se quisesse que ele relaxasse e que Miranda não iria prejudicar ninguém ali.

— Tom frequenta esse lugar antes de ser esse lugar. — Lord parece não acreditar que ia falar o que guarda sobre o alfaiate. — Ele prefere estar aqui a manter algum tipo de relacionamento, tudo por conta de uma mulher. — Todos os sentidos de Miranda se contorcem dentro de seu estômago e ela não parece gostar de ouvir isso.

— Ele se apaixonou, foi abandonado e agora é um cara traumatizado que não quer relacionamentos mais sérios? Isso parece enredo de livro de última categoria — Miranda bufa e cruza os braços.

— Não é nada disso — Lord diz, e Miranda muda o semblante para algo mais agradável.

— Não?

— Não, ele não se apaixonou, mas ela sim. Foi há tanto tempo, mas eu estava lá com ele. Estávamos em Londres, ele cursava design de joias e eu, relações internacionais; dividíamos o mesmo apartamento, e Layla se tornou incansável, cercava Tom em todos os ambientes. Quando ele, gentilmente, quis colocar um basta em tudo, ela tomou um arsenal de medicamentos dentro do nosso apartamento. O que ela não sabia era que Tom havia retornado para a Irlanda, para cuidar do seu pai que já estava debilitado. — Lord caminha até o Mitral e tanto Violet quanto Miranda o seguem.

— Ela morreu? — Miranda pergunta, apreensiva, e Lord coloca três copos sobre o balcão, enchendo-os com uma batida de chocolate e um pouco de vodka.

— Não, mas ficou dopada por semanas, e Tom cuidou do seu pai. Em seguida, voltou para Londres para cuidar dela. — Lord vira o copo de uma única vez.

— Então? — Miranda intima.

— Layla não sabia que estava grávida quando fez essa besteira. Ela perdeu a criança, e Tom, apesar de entender que ela não sabia, não aceitou bem. Somos amigos e eu sei o quanto Tom sempre respeitou o lance familiar, ele não pôde aproveitar muito sobre isso. — Lord coloca mais uma dose em seu copo e bebe. — Tom se comprometeu a não ter relacionamentos que pudessem resultar em uma nova tragédia.

— Mas ele teve outras namoradas, ele mesmo me disse. — Miranda bebe um pequeno gole.

— Claro que teve, mas nada que tivesse perdurado. O Mitral acabava vencendo os relacionamentos, era como se aqui fosse seu refúgio, um esconderijo, era como se ele se blindasse ao entrar aqui, entende? Ele não tem traumas, mas a verdade é que muitas vezes não está em paz com ele mesmo. — Lord conclui, e Miranda caminha entre as mesas, observando a escada que leva ao segundo andar. Ela ainda acredita que não esteve ali e que tudo foi uma alucinação.

— Entendo, Lord, eu agradeço sua atenção e sua ajuda, e o Mitral passa a ser o nosso segredo sujo. — Ela deixa que algo que se parece com um sorriso surja em seus lábios, mas se despede e sai, sendo seguida por Violet.

— Miranda? Você está bem? — Violet pergunta. Miranda pega o celular e acena para um táxi.

— Sim, estou, mas acredito que posso ficar melhor. — O táxi para e ela diz o próprio endereço ao motorista. Durante o trajeto houve silêncio, mas os dedos de Miranda digitavam sem parar. Ela estava pensando em Tom e toda essa novidade sobre ele, mas estava aliviada por saber que ele estava trepando e não estrangulando pessoas.

15

Violet está com Miranda há dois dias, desde que foram ao Mitral, e Lord ajudou no que pôde com a investigação clandestina, afinal, Miranda está sem distintivo e o que fez foi ilegal.

Miranda, Rock, Johene e Unke estão em contato todo o tempo.

O celular recém-comprado avisa sobre algumas mensagens.

> De: Rock
> "Miranda, Unke conseguiu gravar duas conversas, estão me seguindo, mas vou conseguir mais informações e vou para sua casa. Unke é maluco e colocou uma escuta na pasta de Jade. Ela andou conversando com Greg. Estamos perto de descobrir algo pior do que se imagina".

Miranda colocou todas as cópias das fotos de todas as vítimas no corredor de sua casa. Deniesse fazia o sinal da cruz toda vez que tinha que passar diante das fotos. Rock conseguiu uma cópia de todo o processo e entregou, na noite anterior, para Miranda.

Ao mesmo tempo que algo fazia sentido, tudo parecia ser uma grande loucura.

O celular de Miranda toca, e Violet desce para o primeiro andar da casa, secando o cabelo. O relógio mostra vinte e uma horas em ponto.

— Oi — Miranda atende.

— Vamos viajar? — Rock sorri ao perguntar.

— Caribe? — Miranda zomba.

— Quase isso, estou a caminho de sua casa, mas como estou sendo seguido. Vou demorar um pouco mais — Rock diz, e Miranda consegue ouvir o Iron Maiden ao fundo tocando Wasted Years, a preferida de Rock.

— Vou providenciar café, pelo visto a noite vai ser longa — Miranda diz, sorrindo.

— Ok. — Eles desligam. Rock para o carro perto de um pub e entra. Ele conhece o Nian, dono do pub, vai sair pelos fundos e pegar um táxi.

Enquanto isso, Violet está na cozinha olhando Deniesse preparar um bolo a pedido de Miranda, que está de braços cruzados, observando as fotos e tentando entender a ligação de Tom com Abby. Ela quer entender e, ao mesmo tempo, tentar digerir que não gosta de imaginá-lo em uma foda com Abby.

Mas foram várias fodas entre eles, isso não teria como mudar. Antes que Miranda pudesse entrar nessa paranoia, a campainha toca e ela mesma abre, achando que fosse Rock.

— Oi, pai, entre — ela pede e vai de novo para frente das fotos. Seu pai a segue.

— É como se ainda estivesse com seu distintivo. Achei que a encontraria em uma cama, chorando porque perdeu seu brinquedo, e a encontro assim, olhando para alguns pares de defuntos. — Ele sorri, se aproxima de Miranda e beija sua cabeça.

— Eu deitada em uma cama e chorando? Piada, né? Tenho mais o que fazer do que bancar a mulherzinha com elevada taxa de melodrama de cinema de quinta. — Ela aponta para Abby morta na foto. — Eu não entendo, se todos os crimes são de um mesmo autor, por que ela é a única mulher? O passado dela é limpo, tinha um bom emprego... Eu não entendo.

— Talvez ela tenha algum segredo, ou esconda o de alguma pessoa. Existem tantas possibilidades — Hilbert diz, vai até a cozinha e cumprimenta Violet e Deniesse.

A campainha toca, e agora é a vez de Rock.

— Você não vai acreditar! — Rock entra com um pequeno gravador e uma pasta na mão. — Haverá a quinta vítima se não formos para Londres ainda hoje.

— Você pegou as fotos do caso do irmão de Tom? — Miranda pergunta.

— Sim, estão aqui, tirei uma cópia de todo o processo. — Rock entrega para Miranda, que abre e olha atentamente para os retratos. Raphael era muito bonito, mas seu rosto nessas fotos está desfigurado.

— Me fale sobre a próxima vítima — Miranda pede, senta na poltrona e indica para que Hilbert e Rock façam o mesmo.

— Tenho apenas uma gravação, melhor você ouvir. — Rock aperta o play do gravador.

> "Escute, Victor, seu dinheiro vai estar comigo daqui a dois dias, então não me apresse" — Jade diz.
> "Vou estar acompanhado. Não quero que aconteça comigo o que aconteceu com os outros, até Abby foi eliminada" — Victor retruca.
> "Não sabemos o que aconteceu com eles, talvez tenham outros problemas e mais inimigos do que se imagina" — Jade explica.
> "Pego o navio daqui a dois dias e nos encontramos no cais" — Victor avisa e desliga.

Miranda tenta encaixar algumas peças.

— Ok, pegou as ligações do telefone dela para sabermos quem é esse Victor? Onde vamos encontrá-lo?

— Sim, tenho os dados do Victor porque Jade não tem um raciocínio eficiente e andou usando o telefone de sua casa para isso. Esse aqui é o telefone de onde Victor falou com ela, é um Hotel em Londres, o Conrad. Pelo que vi na reserva, ele não vai sair de lá nas próximas horas, está com os filhos. — Rock entrega o papel com os dados de Victor Müller. — Eu sei que vai me perguntar sobre o histórico dele, já digo que é limpo, apenas uma confusão de rua há muitos anos por conta de uma multa. É divorciado e o que tem em comum com as outras vítimas é que estudaram no mesmo colégio, apenas isso.

Miranda olha para o papel e para Rock.

— Vamos para Londres. — Ela sobe, pega apenas uma bolsa com utensílios pessoais, um casaco, passaporte, dinheiro e desce.

— Isso é loucura, você está investigando um crime mesmo afastada da corporação — Hilbert adverte. Rock se levanta e fica perto da porta.

— Loucura é eu jurar diante de uma bandeira que faria justiça, que estaria ao lado da lei e agora, por conta de um mero adorno dourado que tive que devolver, tenho que ficar aqui, parada, sabendo que mais uma pessoa pode morrer. — Hilbert, mesmo desaprovando com a cabeça, sorri. Ninguém a deteria.

— Você está certa, aceitam uma carona? — Hilbert pergunta, sorrindo. Em seguida, partem para o aeroporto, contando com a sorte de conseguir um voo dentro das próximas horas e esperando que o tempo não piore, pois se nevar, tudo para.

O relógio suspenso do aeroporto de Dublin mostra que já passam das vinte e três horas. A atendente da compainha aérea não está colaborando, o próximo voo é para as quatro e trinta e sete da manhã, não tem escolha.

Enquanto Rock e Miranda tentam ligar fatos, fotos, nomes e motivos, Tom está sentado na cama em sua cela, um silêncio total e absoluto, um dos raros momentos em que ele se pega pensando em sua infância.

— Ei, pequeno, que lugar você quer que eu te leve quando eu for um piloto profissional? — Raphael perguntou assim que jogou a bola para Tom. Estavam no gramado e era uma típica tarde de verão. Mesmo sendo verão, o sol aparecia breve e raramente, depois partia.

— Espanha! — Tom disse, entusiasmado. — Mas sem touradas, não gosto de vê-los sofrendo.

— Então está combinado, nossa primeira viagem juntos será para a Espanha — Raphael prometeu algo que não poderia cumprir, ele morreria no dia seguinte.

— Thomaz Damon? — Johene desperta Tom de seu passado feliz.

— Sim? — ele responde e observa que ela está com um pote branco nas mãos.

— Pediram para lhe entregar, o cheiro está ótimo — Johene diz, sorrindo. Tom se levanta e alcança o pote, que tem um papel dobrado e colado com fita adesiva sobre a tampa.

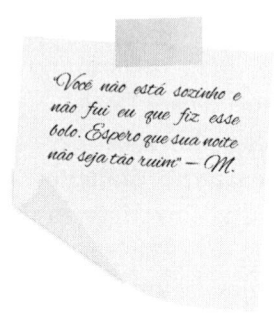

"Você não está sozinho e não fui eu que fiz esse bolo. Espero que sua noite não seja tão ruim" — M.

— Divide comigo? — Tom oferece um pedaço para Johene, que aceita e resolve fazer companhia para o alfaiate. Ela não pode dizer nada, não pode contar para ele que a essa hora Miranda e Rock estão a caminho de Londres e que ela tem trabalhado muito para descobrir a verdade. Faz companhia para ele mesmo do lado de fora da cela.

São seis horas da manhã quando Rock e Miranda chegam ao Conrad London, hotel onde Victor está hospedado. Eles fazem o check-in, mas não podem dormir, isso não pertence a eles nesse momento.

Miranda pergunta por Victor Müller na recepção, mente dizendo que tem um encontro com ele, aproveitando o gancho de ele ser divorciado. O atendente não nega nada ao sorriso dela. Talvez, na cabeça do recepcionista, ele imagine que vai rolar um ménage a trois.

O recepcionista avisa que ele ainda não desceu para o café da manhã. Miranda pede um papel e deixa um recado para Victor:

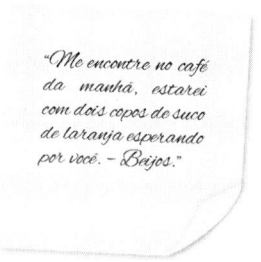

> "Me encontre no café da manhã, estarei com dois copos de suco de laranja esperando por você. – Beijos."

Miranda dobra o papel duas vezes e entrega com certa insinuação erótica nas mãos do recepcionista, que sorri. Dentro de sua cabeça, ele está participando de algo libidinoso, mas o que o atendente não imagina é que se trata de um teatro, e Miranda está fazendo com que ele compre uma ideia erótica que não existe.

— O que você fez? — Rock pergunta, sorrindo e negando com a cabeça.

— Ainda vou fazer, por enquanto sou apenas uma isca e você vai me dar cobertura.

— Sim, senhora, espero não ter que usar a Sheron — ele brinca com o nome de sua automática.

— Ele vai receber o recado assim que acordar. Preciso de um banho para ficar menos horripilante. — Rock olha para ela e gargalha.

— Impossível, Miranda, você é sexy até descamando um peixe. — Rock solta. Miranda arregala os olhos, repreendendo o absurdo que ele acabou de dizer. — Você está sem distintivo, não me olha assim, meu afeto por você é casto — Rock brinca, e Miranda sorri, agora ela está menos tensa.

Eles caminham em direção ao quarto. Rock observa que Miranda envia uma mensagem via celular para Bruce Albem, superintendente da Corregedoria e o homem que assinou seu afastamento.

Miranda não sabe, mas Bruce questionou pelo menos oito vezes o motivo pelo qual estaria assinando aquele documento.

— Você está afastada, e se Bruce entrar em contato com Greg e colocar tudo isso a perder? — Rock pergunta, e ambos entram no mesmo quarto.

Miranda vai em direção ao banheiro e já liga o chuveiro. Quando ela volta, sorri e respira fundo antes de falar.

— Bruce não ligaria para Greg, primeiro porque ele não vai me prejudicar, sou mais amiga dele do que o Greg; segundo, Greg mandou um resultado de um caso que não tem base concreta e, terceiro, o sonho de Bruce é ver Greg longe da corporação. — Ela vai para o banheiro e começa seu banho.

— Você sabe que se alguma coisa aqui não funcionar, vou ter que abrir uma confeitaria. — Rock se esparrama na cama, ligando a televisão.

— Se algo der errado aqui, um inocente pode cumprir uma pena injusta, acho que isso é pior. — Eles conversam com a porta do banheiro entreaberta. Minutos depois, Miranda sai trocada e com uma cara um pouco mais saudável.

— Você está apaixonada — Rock diz e suspira, porque ele também está, Johene tem feito dele um homem mais feliz.

— Não sei se é isso, mas eu sinto que posso protegê-lo de alguma forma. Me incomoda saber que ele está naquela cela e pode não ser o culpado. — Ela olha para Rock, que a encara. — Ele sabe como servir um bom chá de lima da Pérsia. — Ela suspira e fecha seus olhos. Nesse momento é capaz de sentir o sabor do mel, apenas lembrado em um fio curto e discreto dentro do líquido em temperatura elevada.

— Ótimo. Se pegar uma gripe, vai estar curada — Rock zomba, e ambos riem.

— Ele me cura de uma gripe, e eu o protejo para que ninguém o atinja injustamente, é uma troca, o que me diz? — Miranda arruma seus cabelos em um rabo de cavalo e vai em direção ao espelho. Consegue ver o momento em que Rock se levanta e para de braços cruzados atrás dela.

— Contou tudo isso para não ter que assumir que está apaixonada pelo costureiro? — Rock é grande e o que tem de tamanho tem de sinceridade.

— Alfaiate, Rock, ele é um alfaiate. — Vira-se de frente para Rock. — Sim, estou apaixonada por ele e não sei muito o que fazer a respeito.

— Muito bem, mas não faça nada, a paixão por si só já é competente para grandes desastres. Agora vamos, você tem que seduzir o tal Victor. — Rock sorri e vai em direção a Miranda, abraçando-a como há muito tempo não fazia.

16

São nove horas da manhã. O frio está intenso e a sala onde o café é servido está quase cheia. Rock está posicionado na primeira mesa, ao lado direito da porta, lendo algum jornal local. Miranda está ao fundo, com os copos de suco de laranja, olhando para Rock, que vai indicar assim que ele entrar.

Miranda está calma, como se fazer esse tipo de jogo fosse algo comum em sua vida. Ela se distrai com duas crianças que correm e falam um italiano bonito. Ela observa as mesas ao redor e percebe que a maioria tem dois copos de suco de laranja. Rock precisa ficar atento, e ela mais ainda. Volta a olhar para as crianças e recorre em sua mente que nunca pensou em ser mãe. Quando suspende os olhos, eis que diante dela, e com um sorriso malicioso, está Victor Müller.

— Você está me esperando?

— Se você for Victor Müller, sim, inclusive tenho um copo de suco de laranja para você. — Miranda está usando seu lado mais sensual, e Victor, como um bom divorciado e carente, senta e fica encantado com o sorriso dela. Rock se posiciona atrás dele e está a postos para atender ao chamado de Miranda.

— Está de férias?

— Sim, com meus filhos... mas... de onde você me conhece? — Victor pergunta, e Miranda faz um pequeno sinal que é rapidamente entendido por Rock, que agora se senta junto com eles na mesa ao fundo do grande salão.

— Victor, eu sou Miranda Liam, detetive do departamento de polícia de Dublin. — Victor ameaça se levantar, mas Rock coloca uma mão sobre o antebraço dele.

— Cara, você vai nos agradecer — Rock diz com pulso firme, e Victor se arruma na cadeira novamente.

— Você imagina o que estamos fazendo aqui?

— Não faço ideia. — Victor começa a ficar nervoso.

— Você tem um encontro essa semana com Jade Nollan, qual é a sua ligação com ela? — Miranda apoia o queixo em sua mão.

— Somos amigos de longa data — ele responde com certo medo.

— Amigos? Mas, pelo visto, ela te deve dinheiro e por algum motivo você quis se levantar. Está escondendo alguma coisa? — Rock diz mais firme e seu tamanho obriga Victor a querer colaborar.

— Não, não estou escondendo nada, apenas me assustei... estou com meus filhos aqui e minha ex-mulher já me arrancou todo o dinheiro; estou aqui usando o que resta de meus cartões... E Jade, bom, é uma história antiga, mas se é um interrogatório, saiba que não estou no meu país de origem e isso não está dentro da lei — Victor tenta ensinar o pai nosso para o vigário.

— Não é um interrogatório, estamos aqui para salvar a sua pele — Miranda é direta, e Victor arregala os olhos, espantado.

— Não estou entendendo. — Ele tenta fingir que não está sabendo de nada.

— Tadeu, Solomon, Holtin e Abby, todos mortos, e você conhecia todos eles. É mais fácil você falar, se estamos perguntando, é porque sabemos a verdade — Miranda blefa e Rock discretamente mostra o distintivo.

Victor respira fundo e algo passa a atormentá-lo, seu olhar se perde e ele sente medo de realmente estar correndo riscos, mais riscos, afinal, ele tem pelo menos quatro agiotas em sua cola. De alguma forma, ele precisa de ajuda. A polícia não era uma das opções, mas é o que ele tem de mais fácil nesse momento. De repente, ser preso e estar protegido por grades pode salvar a sua vida, mas por outro lado ele sente outro temor, seus filhos podem pagar por seus erros.

— Cara, achei que essa história estivesse arquivada e você vem me dizer que corro riscos? — Victor fala com a voz trêmula. — Meus filhos podem correr mais riscos se algo acontecer comigo, eu preciso protegê-los.

— Qual história você pensou que estivesse arquivada? Por que seus filhos estão correndo risco? O que pode lhe acontecer? — Miranda pergunta, incisiva.

— A história deles, desses que morreram, morreram por conta do passado. Foram ingênuos e acreditaram que ele pagaria facilmente. Escute, eu devo, devo muito dinheiro para agiotas e também fui ingênuo, mas a diferença é que saí de Dublin assim que o primeiro morreu — ele responde com medo.

— Que passado? Por isso o dinheiro de Jade? E que história estaria arquivada? Fale tudo, é mais fácil a gente proteger você em cima de toda a verdade. Não viemos de Dublin para fazer amigos, estamos tentando entender uma série de assassinatos e temos motivo suficiente para acreditar que você é o próximo da lista. — Miranda mantém a mesma postura e bebe um pouco do suco.

— Isso foi há muito tempo, por que tudo isso agora? — Victor tem a voz trêmula.

— Acredite, sua situação pode piorar, confie em mim. Se estamos aqui lhe perguntando é porque já sabemos de boa parte dessa merda toda — Rock o afronta.

— Éramos jovens — Victor respira fundo —, Abby estava saindo escondida com Raphael, o garoto pobre, mas que a encantava, e então Maurice descobriu e pediu para eu arquitetar um plano para ele pegar o Raphael e dar uma surra nele. Maurice não admitia ser enganado, ele amava Abby, mas Abby estava mais interessada em Raphael. — O cérebro de Miranda trava e ela engole seco. Ela tem que se manter rígida, e Maurice tem aos montes por aí.

Victor fica em silêncio e, de repente, um choro começa.

— Devo chamar um advogado? — ele pergunta, e Rock responde que por hora ele precisa apenas falar para poder ser protegido. Miranda sente suas entranhas se contorcerem, sua respiração oscila e a dor de cabeça volta com intensidade.

— Eu não bolei o plano, Holtin e Tadeu sim. Eram amigos de infância de Maurice e tomaram suas dores, Solomon e eu seríamos os cúmplices. A ideia era atrair Raphael, e nós quatro darmos uma surra nele, mas Maurice mudou os planos... — Uma pausa longa, Miranda precisa manter a calma, e Victor precisa falar tudo o que sabe. Ela alcança seus analgésicos na bolsa e coloca dois em sua boca.

— Você está falando sobre Maurice, irmão de Jade, correto? — Miranda se mantém firme, não imagina que Rock está gravando a conversa e que já percebeu que ela está completamente atordoada. Não é fácil estar na posição dela, se manter fria, como se absolutamente nada estivesse acontecendo, como se não tivesse dividido tantos anos com um homem que ela não conhecia profundamente.

— Sim — ele responde e continua: — Eu não sou um assassino, tenho dois filhos e minha mulher me deixou há seis meses. Decidi me juntar aos outros porque Maurice teria que nos pagar, arriscamos nosso pescoço por conta de uma briga por uma mulher.

Miranda tem em sua mente a imagem de Tom entrando na cela, algo a dilacera por dentro.

— Prossiga, Victor — Rock ordena e sabe que tem que acabar com tudo isso antes de Miranda ter uma convulsão nervosa. Ela seria capaz de estourar os miolos de Maurice nesse momento e não é apenas por conta dos anos que viveu com ele, é por conta dos anos que ele tirou de Raphael transformando Tom em uma pessoa triste. Instintivamente ela vai defender Tom e espera que ele a cure de possíveis resfriados.

— Abby atraiu Raphael para o Parque Estadual, prometeu algo mais para ele, e ele, inocente, acreditou. Ela estava com ele o tempo todo, mas em determinado momento sumiu, e aí nós chegamos. — Victor para novamente e busca mais fôlego.

Miranda imagina sua mão enterrando um soco na cara de Maurice, ela não consegue imaginar a cara dele sem revirar os olhos.

— Eu e Solomon o seguramos, Tadeu e Holtin o espancaram, bateram muito e sempre na cabeça e no estômago, até que Maurice saiu detrás da árvore rindo, perguntando se fazer os outros de otário era legal. Eles continuaram batendo, então Raphael disse alguma coisa com sua boca sangrando, e eles pararam. — Victor chora, ele nunca contou essa história para ninguém, é complicado remoer algo que detonou uma família.

— *Eu não sei quem é você* — Raphael disse. — *Você está me confundindo com alguém.* — Raphael não sabia quem era Maurice, que Abby era a ordinária de toda a história. Para Raphael, Abby disse que não podiam falar do namoro por conta dos pais e não porque já tinha um namorado. — Victor limpa o nariz e retoma.

— Maurice não acreditou na versão de Raphael, e o pobre garoto não tinha mais força. Solomon e eu pedimos que ele parasse, e o soltamos para que Holtin e Tadeu não batessem mais nele, fomos covardes. Mas Maurice mudou os planos e, quando vimos ele abrindo o zíper de sua calça, o repreendemos, ele estava muito alterado por conta de uma bobagem, foram meia dúzia de beijos na boca, não precisava daquilo. Mas Maurice deixou claro que, assim como Raphael tirou sua dignidade, ele ia fazer o mesmo. Abby, eu e os demais fomos embora, o deixamos ali, fazendo aquilo. Na manhã seguinte, o assunto não foi comentado por nós, mas na escola todos falavam da crueldade — ele pede um perdão dolorido para Deus e busca mais fôlego. Para Miranda, talvez a misericórdia de Deus não aceitasse esse pedido.

— Encontraram o Raphael com o crânio amassado, com o rosto desfigurado e com alguns pedaços de madeira enfiados em seu traseiro. Ele sofreu, agonizou e por fim faleceu no meio do nada, no ponto mais isolado do parque. Foi encontrado pelo segurança, quase no fim da tarde. Naquele dia, eu vendi minha alma ao diabo pela primeira vez e há seis meses eu refiz o mesmo negócio.

— Estavam chantageando Maurice depois de tanto tempo, por quê? — Rock pergunta e espera por alguns minutos. Ele toma a frente das perguntas por conta do estado interno que Miranda se encontra, ela está buscando força em algum ponto de seu cérebro. De repente, tudo fica triste, ela pensa que sua vida estava ligada à vida de Tom através da morte.

— Holtin e Tadeu tiveram essa ideia, iriam levar a público se Maurice não pagasse pelo silêncio. Holtin estava sendo investigado pela receita federal e Tadeu estava devendo para agiotas, assim como eu, mas no caso dele eram dívidas de droga, no meu era a minha casa que estava em risco, ainda está, mas o acordo era ou todos ou nenhum, incluindo Abby, a primeira a receber o dinheiro. Acho que apenas ela recebeu, mas esse dinheiro não era de Maurice, era do banco em que ele trabalha. Ele estava desviando já há algum tempo — ele conclui, e Miranda busca força em algum ponto inconsciente de seu cérebro para não vomitar.

— Vocês tinham idade para uma condenação adequada, acabaram com uma família e, por uma infeliz coincidência, voltam a pegar mais um membro dessa família para massacrar. Escute, Victor, minha dignidade impede que eu faça algo contra você, mas não é por falta de vontade, então tenha ao menos a decência de dizer tudo isso durante um depoimento. Pegue sua alma de volta e você e sua família farão parte do serviço de proteção à testemunha — Rock ordena e ele sabe que Miranda está abalada internamente, tudo se revira em uma confusão, uma tormenta, algo que queima e explode em porções de coisas vergonhosas.

— Eu testemunho, mas quero que protejam meus filhos. Eu não ligo, perdi minha vida passando noites sem dormir e eu sei que posso pagar por isso ainda — ele para de falar.

— Me responda, Victor, como você poderia pagar por isso? Conhece algum meio de reestruturar a família que você ajudou a destruir? Faz parte de algum grupo capaz de trazer pessoas da morte? Você acha realmente que se você apodrecer em uma prisão, terá verdadeiramente reparado o dano que causou? Não responda para uma detetive, responda para si mesmo. — Miranda se levanta bruscamente e busca ar puro, sem mortes, sem histórico, sem Maurice e sua corja, ela busca um ar que lembre Tom e seus aromas enquanto cozinha; um ar que a acalme e que a leve para longe desse monte de merda que está cada vez pior e maior.

Toda a conversa foi gravada, cada detalhe, cada momento em que Victor colocou sobre a mesa do café da manhã algo que não pode ser digerível. Rock o alerta que tudo foi gravado e que, se ele preza pelos filhos, é melhor ficar em silêncio por conta dessa conversa, que apenas a polícia está a par de todos os detalhes, do contrário, ele vai ser o próximo a ter o pescoço estrangulado.

Victor se levanta, vai para o quarto e Miranda volta, pisando firme e com o rosto quase que pegando fogo.

— Minha vontade era esmagar a cara desse bosta. Tem ideia do que ele fez? Rock, você sabe, Tom é irmão de Raphael, e eu ouvi dele, do próprio Tom, como foi viver com Raphael e depois tê-lo arrancado de sua vida. Eu não sei o que pensar, saber que estive ligada a isso, que Maurice, Santo Deus, não tenho como não pensar nisso sem sentir raiva e nojo, de mim inclusive.

— Miranda, para, você está revoltada e eu também, mas vamos pensar nisso, vamos provar a culpa dos envolvidos, e assim Thomaz sai ileso de toda essa história. — Rock tenta acalmá-la.

— Ileso? Ainda bem, né, porque não sei se ele suportaria ser atingido novamente. — Miranda descarrega sua ira em uma dose cavalar de cinismo. — Vamos embora, vou acabar atingindo você e eu não quero isso, quero apenas resolver tudo. — Miranda se levanta pega um copo, coloca água e se senta diante de Rock, de repente o celular dele recebe uma mensagem, é Unke.

"Isso foi o que gravei na sala do Greg" — ele manda a gravação, Rock coloca no viva voz diante de Victor:

> *"Eu falei que daria trabalho, mas a tirei do caminho e de quebra consegui uma conclusão para essa merda toda do seu irmão... estou falando do meu celular e estou sozinho na minha sala, comemorando a saída daquela vadia. Quero o dinheiro na minha conta, já que Maurice não pagou as vítimas antes dele estrangulá-las, quero o dinheiro na minha conta... e outra coisa, Jade, não use mais a senha máster para entrar na sala de provas, e não me venha com essa de que Abby era um caso à parte. Me arrisquei e agora quero o que é meu, ou você acha que seu irmão pode enforcar pessoas e ficar ileso? Já não basta assassinato estúpido que ele cometeu na adolescência? Meu dinheiro, rápido".*

Miranda para por um instante e liga para Bruce. Victor volta para perto de Rock e olha como se pedisse socorro, talvez ele tenha que pedir isso para alguém que não queira descarregar uma automática na sua cabeça.

— Alô? — Bruce atende.

— Oi, senhor, sou eu, Detetive Miranda Liam. Preciso de um número seguro ou um endereço de e-mail para enviar algumas informações — Miranda é direta e, assim que Bruce passa o que ela precisa, apoia a cabeça nas mãos.

— Você seria o próximo a morrer, mas não precisa agradecer — Rock acompanha Victor até a recepção. — Fale com seus filhos. Você vai voltar comigo para Dublin, tem alguém preso no seu lugar — Rock ordena, e minutos depois Victor conversa com os filhos adolescentes, a mesma idade que ele tinha quando ajudou na morte de Raphael.

Assim que Victor retorna para perto de Rock, o detetive o encara.

— Como você se sentiria se seus filhos fizessem o mesmo que você? — Rock pergunta, e Victor abaixa a cabeça. — Foi o que pensei.

Miranda, que ainda está sentada tentando não se culpar por ter sido idiota ao conviver com um monstro, envia tudo para Bruce. Ela engole em seco e começa a tremer, sente nojo de Maurice, nojo dela mesma. Tom volta em sua mente como algo injusto, ela foi a pior pessoa com ele.

De repente ela junta as peças, o nervosismo de Maurice nos últimos tempos e a falta de sentimento com o fim do noivado, tudo faz sentido ou nenhum sentido.

"Geralmente as pessoas que aprecio dividir minha vida não ficam comigo, ou elas são arrancadas de mim, ou sangram até a morte, ou partem em uma manhã de quinta-feira ou me colocam em um lugar frio sem nenhuma razão". — A voz de Tom, assim que Miranda o deixou na cela fria, volta como uma bomba nuclear e seus olhos não seguram.

17

Cinco dias depois, quando Miranda abre os olhos, deseja que tudo tivesse sido um terrível engano, deseja não sentir o que estava sentindo. Ela se recusa a pensar no final do domingo em que Tom a olhou tão intensamente e disse:

— As mulheres não costumam fazer isso comigo. — Ele sorriu e continuou massageando seus pés. Eles estavam na sala, assistindo a final da Champions League. Em diversas opiniões eles concordavam, mas depois discordavam em outras.

Miranda estava usando um camisão de um pijama antigo de Tom, flanelado e xadrez preto e cinza. Vestia apenas isso e estava apreciando a massagem. As mãos dele são habilidosas, ela pensava a todo instante.

— O quê? — Miranda perguntou e continuou olhando para a televisão. Tom vira seu rosto e a encara.

— Eu não consigo ser indiferente com você, não sei o porquê, mas eu não consigo não depositar afeto ao olhar pra você ou lhe servir uma xícara de chá, e isso não é normal porque eu mal te conheço e posso estar correndo riscos agora — ele zombou, e Miranda chegou à mesma conclusão, que para estar ao lado dele ela precisava deixar sua prepotência e arrogância pendurados no mancebo ao lado da porta.

— Eu gosto do seu chá, do seu almoço e de como tira minhas medidas. — Ela suspendeu os ombros. O jogo havia deixado de ser importante no momento em que Miranda chegou vestindo o camisão e cobrindo lentamente seu corpo. Tom a olhava não mais como uma foda que resolveria seu problema, ele a encarava como um novo problema, um que ele não procurou, mas que era dele.

— O que mais você gosta? — Ele subiu suas mãos dos pés até a coxa e desceu novamente. Miranda abafou um gemido e o toque dele passou a ser explosivo.

— Gosto disso, gosto de ser essa Miranda que sou quando estou com você, gosto de ser observada por você, é como se a todo instante minhas medidas precisassem ser atualizadas dentro de sua mente. — Ele sorriu e internamente concordou com ela.

Tom avançou e a beijou intensamente, se encaixando entre suas pernas. Ele habilmente desceu sua calça de malha e roçou seu membro duro no sexo de Miranda.

— Gosto de suas medidas. — Ele enterrou vagarosamente no sexo molhado dela. Tom até que tentou evitar, policiou seus pensamentos antes de chegar ao ponto que chegou, mas ele estava se apaixonando por ela, mesmo não sendo uma boa ideia.

Miranda se levanta e olha para o relógio, são oito horas da manhã e a casa está quieta. Ela desce a escada e tudo está em um silêncio triste, assim como Tom naquele domingo à noite, logo depois do sexo e do carinho. Ela sabia que estava entregando um coração frio nas mãos dele. Ela havia se apaixonado pelas suas mãos em torno de uma xícara de chá e depois se apaixonou pelas mãos dele em seu corpo.

— Bom dia, seu café — Deniesse estende uma xícara em direção à Miranda, quebrando o silêncio. Miranda vai em direção à xícara, retorna o bomdia de Deniesse e se senta na poltrona em frente à janela, perdendo-se na visão dela mesma sendo, de fato, a pior pessoa do mundo. Mas ela não era, apenas atendia os pedidos para ser assim.

Miranda segura a xícara e leva até a boca, apenas um pequeno gole e faz uma viagem no tempo, analisando o tempo em que ficou do lado de um monstro e que em pouco tempo seria mais sério ainda.

Mas Miranda escuta um estalo em seus pensamentos e analisa a calmaria de Maurice com o fim do relacionamento. Ele já estava sendo chantageado, estava estranho e aceitou tranquilamente o fim. Para Miranda, isso aconteceu porque, se eles estivessem juntos, obviamente ela o pegaria.

Miranda se lembra de quando estavam na cama e pensa em Raphael sendo molestado, possivelmente estava inconsciente.

— Deus! — Miranda suspira, tentando aliviar a angústia que sentia, e pensa na história de vida de Tom. Ele teria tantos motivos para ser um monstro. Apesar de parecer ser o maior egoísta do mundo, é apenas um homem sozinho, que visita o velho farol com uma garrafa de vinho. Ele teve alguém arrancado de sua vida, Raphael, depois alguém sangrou até a morte, sua mãe quando se suicidou, seu pai partiu em uma manhã de quinta-feira e ela o tinha colocado em um lugar frio sem razão alguma. — Deus... — ela suspira novamente.

Miranda escuta o barulho baixo da televisão da cozinha sendo ligada. Deniesse remexe em algumas coisas, fazendo um pouco de barulho. Se fosse em outras épocas ela teria sido um pouco grossa, mas nessa manhã de garoa gelada e tempo cinza, ela quer apenas não sentir o que está sentindo. Ela não se enfiou dentro de um casulo, foi à luta e fez tudo que pôde por Tom.

O telefone da casa toca e a desperta. Escuta Deniesse atendendo e em seguida os passos dela com o telefone nas mãos.

— Srtª Liam, é para a senhora — Deniesse diz assim que entrega o telefone para Miranda.

— Alô?

— É o Bruce. Tem um café perto da delegacia, Skoob, se não me engano, vou estar lá em dez minutos e espero por você — a voz de Bruce era agradável e ele parecia bem feliz em falar com Miranda.

— Sim, senhor — Miranda diz, sorrindo, e ambos desligam.

Minutos depois, Miranda para o carro em frente ao Skoob e entra. Na mesa em frente ao grande vidro está o homem que assinou seu afastamento, bebendo seu habitual café com canela.

— Bom dia, senhor. — Miranda se senta, pedindo um café para o atendente. Bruce é o típico homem da lei que sabe como se vestir; terno alinhado, barba feita, cabelos grisalhos com um corte à lá Richard Gere e tão charmoso quanto o próprio.

— Muito bom dia, detetive Liam — Bruce fala com satisfação a palavra detetive. — Sabe que quando eu assinei aquele afastamento eu sabia que estava cometendo uma injustiça, mas eu não poderia fechar os olhos para o seu envolvimento com um suspeito em potencial. Você tem ideia dos riscos que correu?

— Sim, eu entendo — ela responde, envergonhada porque imagina a forma como Greg passou as informações.

— Por outro lado, eu sabia que você não ficaria parada e que longe de Greg poderia fazer um trabalho melhor. Sim, senhorita Liam, seu afastamento foi de caso pensado e é por isso que quero que me acompanhe. — Bruce se levanta assim que o atendente entrega o café. — Beba no caminho — ele ordena, e ela não está muito à vontade com tudo isso, até que ambos entram no carro de Miranda e Bruce pede para que ela siga até a delegacia.

— Peço que entenda que o que vamos fazer agora, demorou esses dias porque precisava apresentar tudo com forte propriedade. A burocracia atrapalha às vezes, mas é preciso — ele diz apenas isso, e Miranda acelera.

Bruce sai do carro, e Miranda também, mas ele aperta o passo e chega um pouco antes que ela na porta da delegacia e assim faz as honras, abre a porta majestosamente para que Miranda entre e todos param para olhar quando isso acontece. Primeiro porque Bruce é de alta patente e dificilmente aparece naquela delegacia, e segundo porque Miranda Liam estava com ele.

Mark e Greg sorriem, afinal ela possivelmente seria expulsa da corporação, desobedeceu uma ordem direta e tem uma lista de coisas infinitas que não deveria ter feito. Eles sabem que ela andou fuçando em terrenos proibidos. O imbecil do Victor se sentiu acuado e acabou falando com Jade.

Jade entra em seguida pela mesma porta e olha, confusa, para Miranda caminhando ao lado de Bruce, mas ela também sorri, porque imagina Miranda sendo escurraçada daquele lugar. Jade vai até a sala de Greg e fica ao lado dele e de Mark.

Miranda caminha lentamente, olhando para os outros funcionários que estão sorrindo para ela. Está sem entender absolutamente nada, porém não demonstra, afinal de contas, ela é indestrutível.

De repente, Bruce para no meio do caminho, aproxima seu rosto do de Miranda e diz:

— No bolso interno do meu paletó tem dois mandatos de prisão, por favor, faça as honras e retire aquele merda e Jade desse lugar — ele conclui, e Rock surge no final do corredor, sorrindo para a amiga.

Ambos apertam o passo e entram na sala de Greg, que ainda sorri. Ele tenta fechar a porta, mas Bruce exige que ela fique aberta. Bruce pede o distintivo e a arma de Miranda para Greg e acena discretamente para ela. Greg parece sentir uma dor dilacerante em seu estômago ao fazer isso, mas ele o faz. Miranda guarda a arma em suas costas e coloca o distintivo pendurado em sua cintura. Nem percebe que está sorrindo apenas por isso, mas tudo pode ficar melhor.

— Greg Malcoy, você está preso sob acusação de formação de quadrilha, roubo e extorsão. — Ela algema Greg, que está sem entender. Mark não acredita no que está acontecendo.

— Isso é um absurdo, você não pode me prender, você não faz parte dessa corporação! — Greg dispara.

— Sim, ela faz, mais precisamente como delegada — Bruce declara a promoção de Miranda e chama Rock para dentro da sala. — Rock, acompanhe Greg até o carro.

— Jade Nollan, você está presa sob acusação de obstrução da justiça, manipulação de provas e suborno, tem o direito de permanecer calada — Miranda diz e pensa que Jade calada seria um grande favor.

— Você vai se arrepender — ela ameaça.

— Coloque nessa lista de acusações desacato e ameaça — Bruce ordena e chama outro funcionário para levar Jade até o carro. — Quanto a você, Mark, essa é sua carta de afastamento por tempo indeterminado. — Bruce coloca o papel sobre a mesa e pede para que ele assine. Mark assina, sem questionar absolutamente nada, e sai em silêncio.

— Você fez um excelente trabalho e, antes que pergunte, pedimos para a outra equipe da corregedoria executar a prisão de Maurice Nollan. Lamento por você em relação a ele. Quanto a Nollan, vai ter uma lista longa de crimes para se explicar — Bruce diz, sorrindo e olhando para ela.

— Obrigada, senhor.

— Não, Miranda, eu é que agradeço. Não desistiu da justiça, mesmo quando não foi favorecida por ela. Parabéns pela promoção, foi merecida. Rock me contou como tudo foi planejado. — Bruce sorri, negando com a cabeça.

— Sem ele, Johene e Unke eu não teria conseguido, mas eu gostaria de fazer mais um pedido.

— Claro, desde que isso não inclua um interrogatório em outro país — Bruce brinca.

— Preciso abrir uma cela. — Miranda se encabula, e Bruce acata, sorrindo, com um aceno positivo.

18

Miranda caminha em direção ao corredor onde oito celas compõem o lugar. Ela anda lentamente e tenta não se entregar à emoção que lhe atravessa. Tom está na penúltima do lado esquerdo.

Ela para diante da cela e observa por alguns minutos o homem que está deitado de frente para a parede, em uma posição quase fetal.

Miranda se lembra da madrugada de sábado para domingo que passaram juntos. Ela acordou no meio da noite e o cobriu, estavam deitados no chão da sala no meio de almofadas. Aquele era um mundo perfeito para ela, e não essa visão tenebrosa de alguém sozinho em um lugar gelado.

A solidão não é feia ou se veste com retalhos, a solidão é atraente, e por mais que no começo de uma relação com ela tudo seja assustador, depois de um tempo passa a fazer falta. Quando menos se espera, você a ama, afinal, ela é a única coisa que você realmente possui.

Miranda acena para que Marco abra a cela. Com o barulho, Tom apenas vira um pouco a cabeça e volta a olhar para a parede. Miranda indica para Marco a deixar sozinha, e ele o faz.

— Oi — Miranda diz baixo e limpa a garganta.

— Oi — Tom responde baixinho e não olha para ela. Um silêncio chato permanece, e Miranda ensaia alguma coisa para falar, mas é sempre assim, nada sai e se sai não é o que queremos. Esse é o momento em que lembramos com vergonha para sempre.

— Thomaz Damon — dá um passo em direção a Tom —, você está livre — ela fala, sorrindo, percebendo que ele se movimenta e levanta.

Ele está com a barba por fazer, cabelos bagunçados e suas roupas estão amarrotadas. Tom emagreceu e seu olhar não é triste, é apenas um olhar de quem ficou muito tempo sozinho, e o tempo em questão não é esse que passou olhando para as paredes cinzas de sua cela, o tempo mencionado é o que ele viveu antes de Miranda entrar em sua casa e aceitar uma xícara de chá.

— Está livre, Tom, livre — ela diz e sorri para ele, porque sabe que fez tudo em nome de seus princípios, mas a paixão por Tom alimentava essa força para ela descobrir toda a verdade. Ainda dizem por aí que a paixão cega as pessoas...

— Não, Miranda, não estou. — Ele se aproxima dela, que tenta manter a respiração, tenta não se afundar no pescoço dele e beijá-lo.

— Está, você está livre, sim! — Ela comemora, e ele se mantém na mesma posição, apenas a encara.

— Não, você está enganada, não estou livre, não mais. — Ele se aproxima ainda mais dela e respira fundo, lembrando-se do primeiro momento em que sentiu aquele perfume e da primeira vez em que esteve com força dentro daquele corpo. — Eu fui um homem livre, mas isso foi antes de conhecer você. — Ele a encara e se aproxima do rosto dela. — Não existe um tipo de liberdade eficiente para quem se apaixona, porque ninguém se apaixona sabiamente. — Beija o rosto dela demoradamente, e ambos fecham os olhos, como se estivessem juntos no mesmo lugar em seus pensamentos.

— Se apaixonou por mim e eu lhe coloquei aqui, nesse lugar. — Miranda olha dentro dos olhos dele e aponta para a cela fria e escura.

— Não, eu me apaixonei por você e coloquei você aqui. — Ele segura a mão dela e a coloca sobre seu peito. — Aqui está mais feliz depois que você chegou, menos organizado, eu confesso, mas imensamente mais feliz.

— Como vai ser? — Ela suspende os ombros, sorrindo e com os olhos brilhantes.

— Eu não sei... — ele responde, e ela sela sua boca com um beijo. — O que sei é que preciso disso mais vezes. — Tom faz menção ao beijo, e ela sorri.

— Bom, podemos resolver isso. — Ela pisca um dos olhos.

Quando eles deixaram a cela, e Tom foi para sua casa, tudo parecia normal, como se tivesse que acontecer isso, e como se Tom Damon e Miranda Liam já estivessem juntos há mais tempo do que estavam realmente.

Miranda arrumou sua nova sala, pediu pizza para todos no final do expediente e agradeceu aos amigos que a ajudaram nos bastidores. Talvez Miranda Liam não consiga ser diferente do que sua natureza exige, mas ela sabe que pode ser um pouco melhor.

Talvez Tom Damon não consiga ser como era antes, mas ele mesmo não aceitaria mais isso.

— Detetive Liam, tem uma entrega para você. — Unke entra com uma caixa preta, um laço também preto e um envelope pequeno sobre a caixa. — Uma senhora deixou — Unke conclui, pega um pedaço de pizza e sai mordendo a fatia coberta de queijo.

— Obrigada. — Miranda está mais assustada do que feliz com o presente e pega o envelope com receio.

Srtª Liam,
Gostaria de ter um bom motivo para repor esses botões novamente...
Damon

Miranda puxa o laço e remove a tampa, mas ela precisa apoiar a caixa sobre a mesa e tirar a seda que cobre a peça; é uma camisa, a que ela usou e ele arrancou os botões de forma nada sutil. Mas agora os botões estão lá e ela precisa resolver isso.

Ela se despede e vai em direção ao carro. Ali mesmo, troca sua blusa de frio e casaco pela camisa que ela espera ser destruída por ele. O celular toca, é Violet e uma inquisição que será ignorada.

— Por que você está com tanta pressa? — Vio insiste.

— Preciso arrancar os botões de uma camisa! — ela diz séria, e Violet se preocupa, olhando para o próprio aparelho de telefone.

— Devo me preocupar? — Violet pergunta, e Miranda sorri abertamente, acelerando em direção à casa de Tom.

— Sempre, você deve se preocupar sempre, mas não comigo, nos falamos depois. — Miranda desliga o celular, jogando-o no banco do passageiro.

— Ele fez falta essa semana — Miranda diz, sorrindo. — Ele possivelmente vai fazer falta para sempre. — O som do carro fica mais nítido com o silêncio feito em seguida.

Veja a pedra jogada em seus olhos
Veja o espinho cravado em seu lado

Eu espero por você
Num passe de mágica e num desvio de destino
Em uma cama de pregos ela me faz esperar
E eu espero... sem você

Ela imagina que tudo agora será mais simples de lidar, mas ao mesmo tempo tudo é diferente. Dentro de Miranda existe a alegria que todos esperam encontrar, o momento feliz em que apenas por lembrar da pessoa tudo se torna mais bagunçado e feliz. As pessoas precisam dessa alegria, é ela que movimenta os dias, tornam as noites mais felizes e tudo, apesar de assustador, passa a fazer sentido. Essa alegria pode ser chamada de amor, mas em um primeiro momento é apenas isso, uma imensa vontade de sorrir.

Pela tempestade nós chegamos ao litoral
Você dá tudo, mas eu quero mais
E eu estou esperando por você

Miranda sorri e aumenta o volume, acompanha a música e quer chegar antes, quer ele logo, porque por ele entregou o distintivo, sua arma e seu coração. Ela se apaixonou por ele e todo o resto pareceu sem importância, pareceu desnecessário. Agora seria a sua oportunidade de viver sem uma diretriz inflexível.

Ela para o carro em frente à casa de Tom. Depois de apertar a campainha, Miranda se sacode em seu eixo. Ajeita o cabelo e simplesmente sorri.

A porta se abre e Rosié sorri para Miranda.

— Boa noite, eu gostaria muito de falar com o Sr. Damon — Miranda pede com um sorriso esperançoso em seu rosto.

— Boa noite, infelizmente Sr. Damon não está. — O rosto de Miranda desfalece e seu sorriso some. Ela imagina que ele possa estar no Mitral, no segundo andar com alguma mulher e um copo de Blue-Eyes, ou então, mais do que apenas uma mulher e muitas outras doses alucinógenas disponíveis naquele bar. Ele pode ter imaginado que ela não apareceria hoje. Tudo a confunde nesse momento e ela olha para a barra da camisa que acaba de ganhar e que precisa ter seus botões removidos com toda a pressa do mundo.

— Ah... tudo bem... obrigada — ela diz pausadamente, dá dois passos para trás e segue lentamente para o carro.

— Ele saiu com uma garrafa de vinho — Rosié diz em um tom mais alto, e de repente no rosto de Miranda o sorriso se abre, e então ela se vira e olha com alegria para Rosié.

— Obrigada, muito obrigada.

Miranda corre para o carro e, por mais que esteja precisando de analgésicos, precisa mais dele. Ela sabe onde encontrá-lo.

Minhas mãos estão amarradas
Meu corpo ferido, ela me deixou com
Nada para ganhar
E nada mais para perder

U2 — *With Or Without You*

São quarenta longos minutos até o farol. Miranda passa boa parte do tempo tentando ensaiar um texto de reencontro, mas ela não consegue. A verdade é que sente o topo de seu estômago congelar ao imaginar que Tom a tocaria novamente, que esses botões voariam e tudo seria livre.

Ela para o carro e tem certa distância para caminhar, mas nesse caso ela corre. Imagina o quanto seria difícil sem ele. Não houve amor à primeira vista e a verdade é que nem é amor, isso tudo é a deliciosa trajetória para que ele aconteça. Não existe amor em um primeiro momento, existe alegria.

Esse impulso que domina dois corpos é o combustível, é o que faz a pele ganhar um rubor único e, de repente, o coração de um está nas mãos do outro. Depois de milhares de dias, irão se lembrar desses detalhes que os uniram e tudo passa a valer a pena, tudo se torna amor.

Miranda chega à porta velha de madeira e se depara com Stanley, um senhor barrigudo, de calça marrom torta e que abotoa apenas dois dos sete botões de sua camisa xadrez desbotada.

— Boa noite — Miranda diz sem fôlego.
— Boa noite — Stanley, com a voz rouca, responde e sorri.
— Será... — Ela busca fôlego e essa busca emite um som rangido em sua garganta — Que... — Apoia as mãos em seus joelhos e tenta respirar fundo. — Posso... — Está quase sem ar e Stanley a interrompe.
— Suba antes que lhe acabe o ar. — Ele ri e solta uma tosse carregada de nicotina e tabaco.

Miranda olha para a imensa escada que preenche em volta da parede e vai. Ela encara o primeiro degrau e depois sucessivamente, pensando em como será estar de novo nos braços dele.

"Gosto de sua boca" — ela se lembra do beijo e de como é instigante estar com ele, porque Tom Damon parece ser terrível, mas ele é apenas um alfaiate, sozinho em seu mundo de tecidos e de lembranças dolorosas.

Miranda alcança a metade do trajeto e se concentra em algo diferente de seus pulmões. Ela pensa no quão rápido tudo se tornou mais importante e avança os degraus, o quanto ela não queria que nada atrapalhasse sua vida, e como tudo agora perdeu a importância.

Ela alcança o topo e sai para a pequena marquise, olha os dois bancos de madeira; um está vazio e o outro está com uma garrafa de vinho tinto.

— Tom? — ela chama por ele, com seu peito gritando por mais oxigênio. Apoia de novo suas mãos em seus joelhos e puxa o ar, que entra gritando e não está fazendo diferença alguma.

— Tom... — sua voz sai mais baixa. Ela se apoia no parapeito da marquise e olha para a imensidão escura do mar da Irlanda diante dos seus pés.

— Não perca o ar, não agora — ele diz com tom autoritário e preocupado, mas ela apenas escuta a sua voz, ela não o vê.

Suas mãos estão no parapeito, mas a cabeça está abaixada e ela sente que alguém se aproxima. O perfume dele entra em seus pulmões antes do fôlego que ela precisa. Ele a puxa com suavidade para junto de seu colo e olha dentro dos olhos dela, um par de olhos tristes e perdidos, iguais aos dele.

— Trouxe a camisa — ela diz e sorri.

— Ótimo. — Ele a puxa para junto de seu corpo. Antes de seus lábios se unirem, ele sorri para ela, e ela retribui. O beijo é tão carregado do que foi tão intensamente começado, interrompido e salvo, que um busca fôlego no outro e tudo fica melhor.

— Não pode simplesmente entrar na minha vida e depois ir embora — ele a adverte, e ela sorri.

— Mas eu voltaria, eu voltei — ela zomba e permite que ele abra os botões da camisa gentilmente.

— Fico imaginando por que voltou... — Tom termina de abrir e olha dentro dos olhos dela.

— Senti falta do chá...

EPÍLOGO

Dois anos mais tarde...

— Ainda pode desistir — brinco com Miranda em relação ao nosso casamento que vai ocorrer em algumas semanas. Ela morde um pedaço de pão enquanto lê o jornal que eu trouxe.

— Não sou mulher de desistir, achei que tivesse percebido isso. — Ela está com uma regata branca; um jeans que deveria ser um número maior, para minha tranquilidade; está com suas botas de bico fino e, no encosto do banco alto, está o seu sobretudo.

— Deveria — zombo, coloco suco de melancia no copo e bebo, encarando-a.

— Por que eu deveria desistir?

— Sou apenas um costureiro — rebato, e ela sorri.

— Um costureiro que cozinha muito bem. Eu insisto nisso pela comida e pelo chá também — ela responde e se levanta, vindo em minha direção. — Eu te amo, Tom Damon. — Eu também a amo e não preciso dizer, basta olhar em meus olhos.

— Não deveria.

Rosié pigarreia e interrompe nós dois.

— Sr., tem uma encomenda para o senhor. — Ela entrega uma caixa branca, com uma fita azul escura e com um envelope pequeno sobre ela. Olho para a fita, mas escolho ler o cartão antes.

> *"Abra a caixa, curioso"* — M.

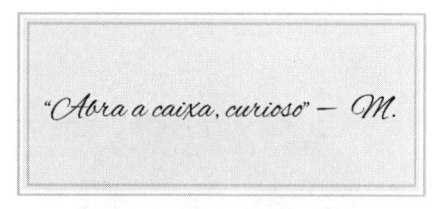

Removo a tampa e dentro tem uma agulha, um carretel de linha branca, quatro botões azuis e um pequeno, muito pequeno recorte de tecido, um tipo de algodão puro, usado em roupas de bebê. Observo um pedaço de papel e leio:

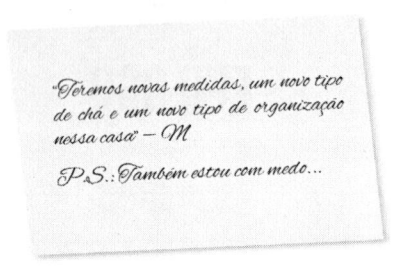

> *"Teremos novas medidas, um novo tipo de chá e um novo tipo de organização nessa casa"* — M
>
> P.S.: Também estou com medo...

— Se eu disser que te amo e que sou o homem mais feliz dessa terra, você acreditaria mesmo sendo terrivelmente clichê? — Eu me aproximo e a beijo, porque beijá-la é algo que me intimida, mas esse é mais um segredo que vou guardar comigo.

— Adoro clichês. — Miranda suspende os ombros. Mantenho meus lábios sobre os dela como se fosse a última vez, porque eu a amo e isso melhora a cada dia, mesmo quando piora.

Paro diante dos olhos dela e a encaro, me inclino e beijo a barriga de Miranda. Talvez ela devesse ver algo que foi meu e que guardo com muito carinho de quando era bebê. Peço um minuto e vou em direção ao meu quarto. Estou feliz, ela me faz feliz, com toda sua autoridade e sua necessidade. Entro no closet e alcanço algumas caixas que estão na parte de cima do lugar onde os ternos estão pendurados. Quando puxo, um par de luvas de couro, que fora usado alguns anos atrás, cai diante de meus pés.

Tudo volta em minha mente como uma avalanche, são dois anos de memória esquecida, faz dois anos que fiz uma escolha.

Há certos momentos na vida em que um homem precisa fazer uma escolha. Nem sempre essas escolhas são fáceis, nem sempre elas levam ao melhor destino, mas ainda assim, elas precisam ser tomadas pela simples razão de serem as mais acertadas.

Anos atrás eu tive um herói. Ele se chamava Raphael e era meu irmão. Desde que Raphael se foi, eu vi minha mãe se matar por não aguentar a dor, enquanto meu pai passou anos com o olhar triste porque não queria expor a dor dele comigo. Por ele e por esse novo destino que não fui eu quem escolhi, eu fiquei ao seu lado. Sufoquei qualquer sonho de carreira e tornei-me um alfaiate. Não que me arrependa, sou muito bom no que faço. Tenho por lei: quando tomo uma decisão, não olho para trás, mas a faço dar certo. Junto com a carreira, sufoquei a minha própria dor em saber que o assassino de meu irmão estava solto, impune. Por isso, quando a vida trouxe à minha porta a pessoa que me faria livre, eu não pensei duas vezes.

Este par de luvas que agora repousa em minhas mãos é a prova de que eu fui capaz de vingar meu irmão.

Raphael, esteja onde estiver, meu irmão, estamos livres. A garota que você tanto amava, aquela a quem você dedicava cartas de amor, foi a isca para te levar a seu assassino. Ele agora está atrás das grades, condenado por tantos crimes que jamais sairá de lá com vida. Abby pode não ter apertado as mãos em volta de seu pescoço, ou tê-lo violentado, mas ela ajudou o verdadeiro culpado e, só por isso, não me arrependo por ter apertado o pescoço dela da mesma forma. Fique em paz, meu irmão, porque agora eu estou.

Esse seria apenas mais um segredo sujo que eu guardaria...

St James

— Madre? — a pequena auxiliar que separa os donativos chama por sua superiora.

— Sim?

— O que eu faço com essa caixa, tem algumas coisas que não serão úteis. — Ela caminha com a caixa em direção da Madre e coloca sobre a pequena mesa oval. — Aqui tem uma caixa com pregos, um serrote, um rolo de arame farpado pequeno e um garrote, algum fazendeiro deve ter encaminhado isso sem querer.

— Tem a identificação de onde veio? — a Madre pergunta e olha para os itens.

— Não, quando as doações chegaram foram divididas e não identificamos, não tem como devolver. Ela veio de Dublin, essa é a única informação — a auxiliar explica e fecha a caixa novamente.

— Coloque no celeiro, podemos encaminhar para a irmã Catharina no norte da Irlanda. Eles fazem muitos trabalhos voluntários — a Madre sugere e a auxiliar acata.

FIM

AGRADECIMENTOS

Meus amigos, minha lista de pessoas favoritas nesse mundo, pessoas que compreenderam minha ausência, apoiaram minhas loucuras e fazem parte desse desafio de criar mundos.